光文社文庫

シャルロットの憂鬱

近藤史恵

KOBUNSHA

光　文　社

Contents

シャルロットの憂鬱

シャルロットの憂鬱

ドアノブを握った瞬間に違和感を覚えた。

いつもとなにかが違うような感覚。ただ、こういうことはときどきあって、多くは気のせいにすぎなかったりするのだ。

だが、その日、その違和感をはっきり覚えているのは、予感が嘘ではなかったせいだ。

ドアを開けると、いつも玄関で待っているシャルロットがいない。

留守番が嫌いで、切なげに鼻を鳴らしてわたしたちを見送り、帰ってくると後ろ足で立って狂喜乱舞するあの子が。

わたしは声を上げて、あの子を呼んだ。

「シャルロット!」

浩輔《こうすけ》が不安そうにつぶやく。

「どうしたんだ?」

わたしがブーツを脱いでいる間に、浩輔は先に玄関から上がって、リビングのドアを開けた。

彼が息を呑むのがわかった。

「どうしたの。浩輔」

彼の肩越しにリビングをのぞき込んで理解する。中はなにものかに荒らされていた。ガラス切りで切られた窓。中には土足の足跡がいくつもついていた。引き出しはすべて開けられ、中のものは部屋にぶちまけられている。

わたしは悲鳴のような声であの子の名を呼ぶ。

「シャルロット!」


わたしたちがシャルロットと暮らしはじめたのは二年前のことだ。

当時わたしは、二度目の不妊治療に失敗していた。泣きはらすわたしに、浩輔が言った。

「なあ、真澄《ますみ》。犬を飼わないか? 子供はもうなるようにまかせればいいじゃないか」

もともと、子供を欲しがっていたのはわたしのほうだった。浩輔も子供好きだが、わたしほど執着していたわけではない。

犬。その発想にたしかに少し胸は揺らいだ。わたしたちが住んでいるのは小さいながらも庭付きの一軒家だから犬を飼うことに問題はない。ただ、すぐに乗り気になれなかったのはこれまで犬を飼ったこともなく、触ったこともなかったからだ。

浩輔のほうは昔、家で犬を飼っていた。彼は自分の発案に、舞い上がってしまっていた。

「そうだ。犬を飼おう。休みの日には車に乗せて一緒に海に出かけるんだ。ドッグランでボール投げをして、毎日散歩をしよう」

「あんまり大きい犬はいやよ」

「だからといって、チワワやトイプードルなんかも俺はいやだぞ」

そういう小さい子ならばまだ飼えるかもしれないと思ったのに、彼はそんなことを言う。

「本当はラブラドールかゴールデンがいいんだが……大型犬じゃないのなら、柴やビーグルとかどうだ？　なにも血統種にこだわる必要はないんだし、雑種でも」

それは同感だ。日本犬の雑種はとても可愛い。とくにころころした子犬は、見ているだけで笑顔になってしまう。

だが、そう決めてみたが、雑種の子犬はどこで手に入るのかわからない。チワワやダックスならばペットショップに行けば売っているのに、どこで探すのだろう。

浩輔が愛犬家の叔父《おじ》に相談することにした。

家に遊びにきた叔父は、わたしたちが犬を探していると聞いて、目を輝かせた。

「ジャーマンシェパードを飼ってみないか」

わたしたちは顔を見合わせた。

「無理ですよ。俺も真澄も犬に関しては初心者です。そんな難しそうな犬は飼えませんよ」

浩輔がまっさきにそう言ってくれてほっとする。

「初心者だから薦めてるんだ。実は警察犬をリタイヤした子がいて、家庭犬として可愛がってくれる家を探している。警察犬だからしつけはしっかりできていて、我慢もできる。いちばん難しいのは、子犬のしつけなんだ。だから、きみたちはしつけができている成犬を飼うほうがいい」

たしかに警察犬だったら賢いはずだ。少し心が動いた。

「いくつもの難事件を解決した雌犬なんだが、もう引退させることにしたらしい」

「というと老犬ですか？」

「いや、まだ四歳だ。股関節《こかんせつ》に障害が出て手術をしたんだ。それでも普通に散歩をすることはできるし、ペットとして飼うのには問題はない」

どうやら、叔父はその子が飼いたくてたまらないらしい。

だが、叔父の家にはすでに三頭のボーダーコリーがいる。もう一頭というのは難しいと判断したようだ。

「それにきみたちは共働きで犬に留守番をさせる時間も長いだろう。それを考えても成犬のほうがいい」

留守番のことはたしかに気にかかっていた。

「一度、会ってみてはどうかい？　それでいやなら断ればいいんだし」

なぜか胸がざわつく気がした。叔父の言うとおりだ。実際見て、それで決めればいい。

わたしは叔父に言った。

「じゃあ、会わせてください」

大型犬を頑《かたく》なにいやがっていたわたしの変貌に、浩輔は驚いていた。

シャルロットがいたのは、仮預かりの老夫婦の家だった。

シャルロットは縁側で寝そべって、はむはむと柔らかいぬいぐるみを噛《か》んでいた。わたしたちを見て、控えめに尻尾《しっぽ》を振った。

メスだという話は聞いていたが、その姿を見て理解した。

そこにいたのは可愛らしい女の子だった。犬を飼ったことのないわたしには、シェパードと言えば雄々しく勇ましい印象しかなかった。

彼女はわたしたちを見て考えているように見えた。この人はお客様かしら、それともわたしの新しい家族になる人かしら、と。

わたしはその瞬間から恋に落ちてしまったのだ。

わたしはシャルロットのみっしりと生えた毛をそっと撫《な》でながら言った。

「ねえ、わたしをあなたのお母さんにしてくれる？」

シャルロットは、おおむねいい子で、そしてときどき悪い子だった。

叔父の言うことは正しく、シャルロットはきちんとしつけられていた。散歩に行っても、わたしの横にぴしっと寄り添い、歩幅を揃えて歩く。

最初は怖がった人も、すぐにシャルロットの賢さに驚嘆した。

だが、賢いということは、すぐにズルをすることも覚えるということだ。

シャルロットはすぐに理解した。この家では、警察犬だったときのように、言いつけを全部守らなくてもいいのだ、と。

リードを放すために車でドッグランに行き、自由にしてやるとシャルロットはうれしそうにひょこひょこと歩いた。ボールを投げると、全身で喜びを表しながらボールを取りに行き、わたしたちのところに持ってきた。

大きい図体をしているくせに、犬に対しては少し臆病で、フレンドリーな子には自分から近づいていって挨拶《あいさつ》はするものの、うなり声を上げられたり、吠《ほ》えられたりすると一目散に逃げ出す。

小さなトイプードルにがうっと吠えられた瞬間、キャンと悲鳴を上げたこともある。シェパードという犬はもっと凛々《りり》しいものだと思っていたから、わたしと浩輔は笑い転げた。

臆病なことは、むしろわたしたちのような初心者の飼い主にはありがたいことだった。大型犬はドッグランでは、加害者になる可能性のほうが高い。反撃する子だったらもっと注意を払わなくてはならない。

だが、帰るときがいちばん問題だった。

「シャルロット、カム！」

そう呼びかけて帰ってきたのは最初の数回だけだった。

シャルロットはすぐに、聞こえないふりをすることを覚えた。呼ばれるとわざと遠くに行き、仲良くなった犬を遊びに誘ったりする。

二度、三度呼んでも知らんぷりだ。

「シャルロット！」

浩輔がきつめの声で呼びながら駆け寄ると、尻尾を丸め、耳を倒して困ったような顔で浩輔を見上げた。

――怒らないで、怒らないで。

そんな顔をされてしまうと怒れない。わたしたちは苦笑いをしながら、シャルロットを連れて帰った。

家にいるときもそんな感じだった。

普段はとても大人しいし、ソファでうとうとしているか、窓から庭を眺《なが》めていることが多かったけど、たまにびっくりするような悪戯《いたずら》をするのだ。

外出先から帰ったら、クッションが食い破られ、リビングが綿だらけになっていたり、ソファの表革がべろんと大きく破れていたこともあった。

そんなときのシャルロットはだいたいテーブルの下に隠れている。

破れたクッションを手に近づいていくと、大きな身体を縮めるようにして、ぴいぴいと鼻声で鳴いた。

——ごめんなさい。壊すつもりはなかったけど、夢中になっちゃったの。

ぺたんと耳を寝かせ、わたしたちの顔を見上げる。テーブルの下から頭を出して、わたしたちの口を舐《な》める。

あるときは、部屋に悪戯の痕跡がないのに、シャルロットがテーブルの下に隠れていることがあった。

部屋中を探し、やっと原形をとどめないくらいにボロボロになった、わたしの帽子を見つけた。

自分のおもちゃやぬいぐるみを壊したときは、こんなふうに隠れていないから、シャルロットはやってもいいことと悪いことをちゃんと理解しているようだった。

やはり、わたしたちは未熟な飼い主だったのだろう。

シャルロットのそんな悪戯や、ズルを許してしまっていた。それでもわたしたちは思ったのだ。この子はずっと厳しい訓練に耐え、人のために頑張ってきたのだから、このあとはちょっとくらい怠けたり、悪いことをしたっていいのだ、と。

なにより、シャルロットは許してもらえそうなことと、そうでないことはわかっていた。ドッグランではふざけるけど、道路脇を歩いているときなどは、ちゃんとわたしの横から離れない。

悪戯はするけど、人に歯向かったりすることはない。動物病院の診察台の上でもびっくりするほど大人しかった。

そういう点では、やはりシャルロットはきちんとしつけられていた。普段は吠えることもほとんどない。

だが、ときどき火がついたように吠えるときがあった。

最初は、シャルロットがやってきてからまだ三ヶ月のときだった。

金曜日の昼過ぎ。その日、わたしは風邪を引いて仕事を休み、二階の寝室で寝ていた。

将来、子供がもし生まれたときのために、二階の寝室にはシャルロットは立ち入らせないようにしていた。

うとうとしていると、犬の吠え声が聞こえてきた。

最初はシャルロットだとは思わなかった。彼女はこれまで吠えたことなどなかったから。

だが吠え声は意外に近い。わたしは痛む頭を押さえながら、ガウンを羽織って下に降りた。

シャルロットは窓際で激しく吠えたてていた。身体をバネのように弾ませながら、窓の外に向かって。

「シャルロット。黙って」

叱るとシャルロットは、口を閉じた。だが、どうしても黙っていられないという様子で、すぐにまた吠え出す。

「ノー！」

きつく叱ると、また黙る。上目遣いの恨みがましいような目でわたしを見上げた。

——どうしてわかってくれないの？

なにか理由があって吠えているようだったが、その理由がわからない。

ただシャルロットはもどかしげだった。必死でなにかを伝えようとしていた。

戸惑うが、わたしにはどうしようもない。何度か叱ると、シャルロットはあきらめた。

お気に入りのタオルを敷いた寝床に行って、ぺたんと平たく伏せた。

いじけるような顔でわたしを見上げている。

その表情は気になったが、シャルロットが吠えるのをやめたことに、わたしはほっとして二階に戻った。

いくら一軒家でも大型犬の声は大きい。近所迷惑だ。

そして、その夜に知った。

向かいの家に空き巣が入ったということを。

それから、シャルロットが吠えるたびに、わたしは周囲に注意を払うようになった。彼女が吠えるのには大事な理由がある。

次に吠えたのは、深夜遅く。浩輔が外に出てみると、二軒隣の家からうっすらと煙が上がっていた。浩輔がインターフォンを押して家の人を起こした。

どうやらその家の男性が、煙草をつけたまま居眠りをして布団を燃やしてしまっていたらしい。

シャルロットが吠えなければ大変なことになっていた。

向かいの家の老人が、押し売りのようにしつこいリフォーム業者につかまって、玄関で押し問答をしているとき、シャルロットが吠えだしたということもあった。シャルロットの声を聞いて外に出た隣の主人が、その業者を追い払った。

いちばん最近の事件は、わたしたち夫婦のいないときに起こった。

その頃には、シャルロットの賢さは近所の評判になっていた。シャルロットの声を聞きつけた隣の奥さんが外に出てくると、わたしの家の敷地内に見知らぬ男が入り込んでいた。

奥さんは悲鳴を上げ、男は逃げ出した。これも、ひとつ間違えれば大事になっていたかもしれない事件だ。

一緒に暮らしてみると、間が抜けたところもあるシャルロットだったが、そんなことがあるたびに思った。

この子はやはり優秀な警察犬だったのだ、と。そして、こんな頼もしい子と一緒にいられることに感謝した。

わたしたちは思っていたのだ。シャルロットさえいれば安心だ、と。

だが、今、家は荒らされ、シャルロットはいない。わたしは激しく脈打つ鼓動を感じながら、シャルロットを呼んだ。

もしかするとあの子は、果敢に泥棒に戦いを挑んで、殺されたのかもしれない。そう思うと息ができなくなるようだった。

なにを盗まれたってかまわない。あの子だけ無事でいてくれれば。

「歩き回らないほうがいい」

リビングに入ろうとしたわたしを浩輔が止めた。

「今警察を呼ぶから」

「でも……シャルロットが……！」

わたしが声を上げようとしたとき、浩輔が耳を澄ました。

「しっ、黙って」

口をつぐむと、二階からかすかな物音がした。そして鼻を鳴らす切ない音。

思わず二階に駆け上がっていた。寝室のドアを開け、中に入る。

寝室はリビングほど荒らされていなかったが、それでもクローゼットは開けられ中を探られた形跡があった。

「シャルロット！」

またぴいぴいと鼻声が聞こえた。わたしはベッドの下をのぞき込んだ。

奥に光る目と、聞き慣れた息づかい。全身の力が抜けてへたり込む。

「シャルロット……よかった……」

シャルロットはゆっくり出てくると、身体を低くしてわたしの口をそっと舐めた。

警察がくると、シャルロットはまたベッドの下に隠れてしまった。怖い思いをしたのかもしれない。

警察は足跡や指紋を採取した。幸い、盗られたのは置いてあった五万ほどの現金だけで、預金通帳や印鑑は無事だった。

だが、近所の聞き込みを終えて戻ってきた刑事のことばを聞いて、わたしは驚いた。

「犬の吠える声は聞こえなかったそうです」

警察が帰ってしまうと、やっとシャルロットは二階から降りてきた。ソファに座るわたしの膝《ひざ》に顎《あご》をのせて甘えた。

わたしはシャルロットの頭をそっと撫でてやった。

「怖かったの？　もう大丈夫よ」

だが、なぜ彼女が吠えなかったのかがわからない。

留守中、家の敷地に誰かが入っただけで激しく吠えることは、過去の経験でわかっている。

「知っている人だった……とかかな」

落ち着くために紅茶を淹《い》れながら、浩輔がつぶやく。

「じゃあ、どうしてこんなに怯《おび》えているの？」

「そのあと、ひどい目に遭《あ》わされたとか……」

わたしは注意深く、シャルロットの足や背中、頭などを観察した。みっしりした毛をかき分け、皮膚に触れる。

「怪我《けが》はしていないみたい」

「でもまあ、シャルロットが無事で本当によかったよ」

浩輔のことばに頷《うなず》く。

わたしは、シャルロットの背中を撫でた。

「あなたが喋《しゃべ》れたら、なにが起こったのかがわかるのに」

シャルロットは少しだけ顔を上げて、わたしの口もとを舐めた。


それから二ヶ月後の休日だった。

シャルロットは日の燦々《さんさん》と当たる窓際で、身体を横にして眠っていた。ときおり、寝言のような声を上げ、前足を動かす。

夢でも見ているような仕草だった。

わたしはキッチンでパンを捏《こ》ねていた。汗だくになりながら、生地を調理台に叩きつける。疲れるけれど、いい気分転換になる。

聞き慣れた音である限り、シャルロットは大きな音を立てても驚かない。平気で眠っている。

テレビを見ていた浩輔が声を上げた。

「お。製薬会社社長宅の強盗、共犯者もすべて逮捕されたらしいぞ」

三ヶ月前、同じ市内で強盗があった。

製薬会社社長の家に三人組の男が忍び込み、現金や貴金属など一千万円相当の品を盗んで逃げた。

そのうちのひとりは、事件当日につかまっているが、残りのふたりがまだ逮捕されていなかった。盗品もまだ見つかっていない。

テレビを見ながら浩輔が意外そうな声を上げる。

「へえ、犯人のうち、ひとりは元警察関係者だってさ」

「もと？」

捏ね上がった生地をボウルに入れて、発酵を待つ。

「以前、懲戒免職にされた警官らしい」

「へえ……現職だったらすごいスキャンダルよね」

現職でなくても、警察に批判は向くだろうが、懲戒免職だったらまだ言い訳がきく。

インターフォンが鳴った。わたしは浩輔に言う。

「ごめんなさい。手が汚れてるから出てくれる？」

「ああ、いいよ」

インターフォンの受話器を取った浩輔が妙な顔になる。

「警察だって。二ヶ月前の空き巣のことで」

「え？」

「ともかく入ってもらうよ」

浩輔がドアを開けに行った間に、わたしは手を洗った。

騒がしい気配を感じたのか、シャルロットはリビングを出て行った。静かな部屋で昼寝を続けるのだろう。

二人組の刑事がリビングに入ってきた。ソファに座ってもらい、その向かいにわたしと浩輔が座った。刑事はすぐに話を切り出した。

「お宅に入った空き巣を逮捕しました」

「本当ですか？」

盗られたのは現金だけだから、返ってくるわけではないが、やはり犯人が逮捕されたと聞くとほっとする。

だが、続けて刑事が言ったのは意外なことばだった。

「ニュースをごらんになりましたか？　製薬会社社長宅の強盗犯、彼らがお宅に忍び込んだのです」

わたしと浩輔は顔を見合わせた。なぜ、そんな資産家の家を襲った犯人が、うちなどを標的にするのかわからない。

わたしたちの疑問に気づいたのだろう。刑事は説明をはじめた。

「長くなりますが、聞いてください。最初に捕まった犯人――長岡《ながおか》と言いますが、彼が主犯です。盗んだ品を持ってバイクで逃げましたが、その姿を目撃されたため、二時間後に捕まっています。残りのふたりは、ばらばらに電車で逃げたため、捜査の手を逃れました。だが、長岡は盗んだ品を持っていなかった」

「残りのどちらかに渡したんですか？」

刑事は首を横に振る。

「わたしたちもそう考えていました。だが、残りのふたり――宮地《みやじ》と桐村《きりむら》を捕まえてわかりました。彼らもそれを入手していない。長岡が逃げる途中に隠したのです」

刑事は指を組み合わせて話し続けた。

「範囲は限られている。盗んだ家から、逮捕された地点までの間。たった三キロほどです。長岡は拘置所だから連絡が取れない。そこで宮地が思いついたのです。警察犬を使えば見つけられるのではないか、と。彼はもと警察官でしたから」

わたしは、小さな声を上げた。

「そうです。お宅が空き巣に入られたのは金目のものが目的ではない。犬が目的だったのです」

改めて息を呑む。

「宮地は以前、お宅の犬のハンドラーをやっていました。だから、うまく扱えると思ったらしいのです」

だったら、シャルロットが尻尾を振って近づいていってもおかしくはない。むしろそちらのほうが自然だ。

「でもお宅の犬は吠えることもなく、宮地が呼んでも出てくることもなかったそうです。あなた方を主人だと信じていたんでしょうな」

それとも、宮地から漂う怪しさに気づいたのだろうか。

「もし、犬が吠えていたら、宮地はなんとしても探し出そうとしたでしょう。でも声すらしなかったからあきらめたと宮地は言っています。犬は家にいないのだと思ったそうです」

わたしは胸を撫で下ろした。もしかしたらわたしたちは、いちばん大事な宝物を盗まれたかもしれなかったのだ。

「本当に賢い犬です。わたしたちも驚いています」

刑事はしみじみとそうつぶやいた。

刑事が帰った後、シャルロットはのそりとリビングにやってきた。なにか言いたげにわたしの顔を見上げる。

その大きな身体を抱きしめた。

「よかった。あなたが無事で……」

わたしは心で何度も繰り返す。わたしのそばにいてくれて、ありがとう、と。


その一週間後のことだった。

ふたりでシャルロットを散歩させていたときだった。浩輔がいきなり言った。

「どうも引っかかるんだよな」

「え？　なにが？」

「シャルロットのことだよ。シャルロットは本当にそこまでわかってたのかって」

わたしも驚いた。だが、そうとしか考えられない。

「浩輔はどう思うの？」

そう尋ねると、浩輔は鼻の頭を掻《か》いた。

「いや、シャルロットの名誉のためには、そういうことにしておいたほうがいいような気も……」

「なによ。きかせてよ」

浩輔はうん、と小さく頷いて話しはじめた。

「シャルロットは単に、警官が嫌いだったんじゃないかって」

「え？」

それはありえない。シャルロットは警察犬だったのだ。もちろん、厳しくはしつけられただろうが、同時に愛情もたくさん注がれただろう。でなければこんなに可愛らしい犬になるはずはない。

わたしがそう反論するのを浩輔は聞いていた。

「うん、真澄の言うとおりだ。だから嫌いといっても憎んでるとかそういうんじゃない。ただ、なんというか『もう関わりたくない』と思っているとしたら……」

はっとする。厳しい訓練と難しい仕事。昼寝と遊びが大好きなシャルロットにとって、もう戻りたくない日々だったとしたら。

「もし、ハンドラーだった人に呼ばれても、聞こえないふりをするかもね」

ドッグランでわたしたちが呼んでも、聞こえないふりをするように。

「空き巣が入った日も、警察が帰るまでシャルロットは二階から降りてこなかった。そして、一週間前も、刑事がやってきたと思ったら、部屋を出て行った」

たしかに浩輔の言うとおりだ。

「確認してみる？」

わたしのことばに浩輔は目を見開いた。

「どうやって」

「この近くの交番まで歩いて行くの」

わたしはシャルロットを連れて方向転換をした。交番のほうに向かって進む。

交番が見えてくるにつれ、シャルロットの様子が変わってきた。そわそわして、歩みが遅くなる。

交番の前までくると、今度は反対に早足になり、通り過ぎようとする。わたしは足を止めた。

「シャルロット、ストップ」

一応コマンドは受け入れたものの、シャルロットの様子は一変していた。耳がぺたんと寝て、尻尾を巻き、嫌々をするように後ずさる。こんな様子はめったに見せない。

わたしは浩輔と顔を見合わせて笑った。

「正解ね」

もう一度歩き出すと、シャルロットの尻尾はまたぴんと立った。大きく揺れる。思い出す。空き巣が入った日、ベッドの下から出てきたシャルロットの顔は、悪いことをして怒られる前の顔だった。

わたしはシャルロットの首筋をぽんぽんと叩いた。

「ズルい子でも大好きよ。シャルロット」

シャルロットは、わたしのほうを見上げて、まるで笑っているような顔をした。

シャルロットの友達

シャルロットはお座敷犬だ。そう言うと、多くの人が驚く。ぴんと耳の立ったジャーマンシェパード。シェパードにしてはやや小柄だが、それにしたって体重は二十五キロを超える。

公園でシャルロットを見かけただけで、泣き出してしまう小さい子もいるほどだ。とはいうものの、怖そうなのは外見だけで、中身は大人しく、いたって気のいい女子犬である。

飼い主であるわたしや、夫の浩輔のことが大好きで、家にいるときはずっと近くにいる。わたしがキッチンで料理をしたり、パンを捏ねたりしているときも、ソファに寝そべって、じっとこっちを見ている。

ときどき、悪戯はするけれど、人にうなり声を上げたり、歯を立てたりしたことは一度もない。散歩のときも、わたしたちの隣にぴったりと寄り添って歩く。お行儀の良さはどこに出しても恥ずかしくはない。

最初は、わたしと浩輔もこんな大きな犬を家の中で飼えるのだろうかと躊躇《ちゅうちょ》した。だが、一緒に暮らしてみると、シャルロットを外で繋《つな》いで飼うことは、家族を家の外に放り出したままにするのと同じほど不自然なことに思えてくる。家族だから、いつも一緒にいる。安全で目の届く場所に。それは子供を一日中庭で生活させないのと同じくらい当たり前のことだ。

まだ日本では「大型犬は庭で飼う」というイメージが強いらしく、「室内犬です」というと驚かれるが、大暴れするわけでもなく、トイレもきちんと我慢できる犬を室内で飼ったところで、なんの問題もない。掃除機をかけないと、ソファやカーペットが抜け毛だらけになる程度のことだ。

そんなふうに、お座敷犬生活を満喫しているシャルロットだが、気候のいい時季の天気のいい日は、庭で機嫌良くひなたぼっこをしている。

事件は、そんな秋の日に起こったのだ。


平日の散歩は、わたしと浩輔が交代で行くことにしている。

ジャーマンシェパードだけあって、シャルロットには長い散歩が必要だ。三十分で終わらせてしまうと、てきめんに留守番のとき、悪さをするようになる。別に嫌がらせでやっているわけではなく、退屈をもてあまして、椅子の脚を囓《かじ》ったり、クッションを食い破ったりしてしまうようだ。

平日であろうと、昼夜一時間ずつはかならず歩かなければならない。ふたりで手分けすれば散歩にかかる時間が半分で済む。

だが、シャルロットは、みんなで散歩に行くのが好きだ。

わたしがリードを持つと、かならず浩輔を誘いに行くし、リードを手に取るのが浩輔でも同じだ。台所に立つわたしの足に、冷たい鼻を押し当てて、つぶらな瞳でわたしを見上げる。

——一緒に行こうよ。

その目はそう言っている。その目に負けてしまうこともたまにはあるが、働く主婦の夜は忙しい。やらなくてはならない家事が山積みなのだ。

たいていはお断りして、わたしは家に残ることになる。

だから、その分、休日はなるべくみんなで散歩に出たい。家族で散歩に行くと、シャルロットの目の輝きが全然違う。

交互にわたしと浩輔の顔を見上げ、まるで笑っているような顔になる。

――楽しいねえ。楽しいねえ。

大人しく歩いているけれども、足取りと高速回転する尻尾でシャルロットの喜びは伝わってくる。

その顔が見たくて休日の散歩を楽しみにしているのに、その土曜日、わたしは朝からひどい頭痛に悩まされていた。

コーヒーを飲んでも治まらず、仕方なく頭痛薬を飲んだ。胃も丈夫ではないから、普段はなるべく薬を飲まないようにしているのに、我慢できなかったのだ。

見かねた浩輔が言ってくれた。

「今日はもう寝てたらいいんじゃないか。シャルロットの散歩は俺が行くし」

シャルロットも、不安げな顔でわたしを見上げている。わたしがこんな調子ならば、一緒に散歩に行っても楽しめないかもしれない。

「じゃあ、今日はやめとく。休んでる」

そう言って、ブランケットにくるまってソファに横になった。ベッドに行ったら本格的に眠ってしまいそうで、それも少しもったいない気がした。

頭痛薬が効いてさえくれれば、すぐにでも休日を満喫したいのだ。

シャルロットも今日はわたしを誘おうとはせず、浩輔と一緒に素直に出ていった。

ひとりになって、ぼんやりと時計を眺める。

休日の散歩だから、たぶん、一時間半か、二時間くらいはかかるだろう。大きな公園が、歩いて三十分のところにある。ドッグランではないから放すことはできないが、休日は犬が多いから、シャルロットもその公園が好きだ。

休日の散歩はその公園か、ドッグランまで車で行くか、どちらかだ。

車で出かけるとは言わなかったから、たぶん公園に行くのだろう。

横になったせいか、頭痛は少し楽になってきた。自然とまぶたが重くなる。

どのくらい眠ったのだろう。スマートフォンが鳴る音で起こされた。

まだ寝ぼけたまま、スマートフォンに手を伸ばす。浩輔からだった。

「はい、どうしたの？」

「真澄、ごめん。俺が気をつけてなかったから……」

彼の声の、切羽《せっぱ》詰まった響きに息を呑む。

シャルロットに、なにかあったのだろうか。わたしはスマートフォンを握りしめた。

「なにがあったの？」

「シャルロットが噛まれたんだ」

行きつけの動物病院は、幸い土曜日も開いていた。

電話を受けたときは、交通事故を一瞬疑ったが、他の犬に噛まれたと聞いて、少しだけ落ち着く。

もちろんシャルロットが怪我をしたことはショックだが、他の犬との喧嘩《けんか》で命にかかわるような大怪我になる可能性は低い。小型犬が大型犬に噛まれたというなら危険だが、シャルロットは大型犬だから、アメリカンピットブルのような犬にのど笛をかみ切られでもしない限り、そこまで大変なことにはならないだろう。

わたしが病院に到着したとき、シャルロットは獣医さんの診察を受けていた。

わたしを見ると、シャルロットは診察台の上でもうれしそうにしっぽを振った。

「噛まれたの、どこ?」

浩輔が青い顔で言った。

「鼻だよ」

「鼻ぁ?」

見れば、シャルロットの黒い鼻からは血がにじみ出ていた。

獣医さんがその血を脱脂綿で拭《ぬぐ》いながら苦笑した。

「鼻だと包帯を巻くわけにもいかないし、エリザベスカラーをしてもあんまり効果がないねえ」

シャルロットの長い舌は、ぺろりと傷に届いてしまう。

病室の雰囲気と、獣医さんの表情を見て、わたしは大きく息をついた。犬に嚙まれた怪我なら、そこまで重傷ではないとは考えたが、万一ということもある。この様子ではたいしたことはない。

「可哀想に、どんな子にやられたの？」

「チワワだよ」

浩輔の返事を聞いて、わたしは目を丸くした。

「チワワ？」

獣医さんと看護師さんがぷっと噴き出した。看護師さんはにこにこ笑いながら、シャルロットを撫でた。

「シャルロットちゃん、反撃しなかったんでしょう。偉いわねえ」

褒《ほ》められて、シャルロットはぱたぱたと尻尾を振った。

シャルロットの傷は軽く、舐めても大丈夫な軟膏をもらっただけで終わったが、それでも傷が痛むらしく、シャルロットは鼻を気にしてばかりいる。舐めて、化膿でもしたらやっかいだ。

「いったい、なにがあったの？」

シャルロットは大人しい子だし、他の犬に対してはどちらかというと臆病な方だ。怖がっている犬に無理矢理近づくようなことも、喧嘩をふっかけるようなことも、これまで一度もなかった。

浩輔は眉間《みけん》に皺《しわ》を寄せて答えた。

「ミリーだよ。覚えているか？」

その名を聞いたとき、頭に薄茶のチワワの姿が浮かんだ。

公園でよく会う大きめのチワワだ。もちろんチワワだから、大きいと言ってもシャルロットの十分の一程度の大きさに過ぎない。もう十歳を超えているというのにやたら元気な小型犬である。

七十代くらいの女性が飼っていて、いつも遠くからシャルロットを見つけると、火のついたように吠え立てる。大型犬を怖がって吠える小型犬は珍しくないが、たいていの人は謝りながら犬を制御してくれる。

だが、その老女は違うのだ。にこにこしながら、吠えるミリーを近づけてくる。

シャルロットは、吠えられるのが嫌いだから、後ずさって離れようとする。

「あらあら、怖がりなのねえ」

そう言われたときは、少し頭に血が上って言い返してしまった。

「うちの子、吠える犬は嫌いなんです」

まあ、吠える犬が好きな犬はいないだろう。人間で言えば、大声で相手を罵《ののし》ったり、喧嘩をふっかけているようなものなのだから。

彼女はわたしのことばにも動じなかった。

「あらあら、気むずかしいのね。ミリーちゃんはね、大きなわんちゃんが大好きなのよ。よく一緒に遊ぶの」

そう言いながら、もっとミリーを近づけてくる。

ミリーは鼻に皺を寄せ、歯をむき出して、愛玩犬とは思えないような表情で近づいてくる。

いつもはきちんとわたしの横をついて歩くシャルロットが、たまらずにリードをぐいぐい引いて逃げ出した。

もちろんわたしも制止するつもりはない。シャルロットに引っ張られるまま、ミリーと飼い主から遠ざかった。

同じようなことが何度もあった。

大型犬を飼っている人たちとミリーの話になったこともある。みんなミリーとその飼い主には困らされているようだった。

「もしうちの子が反撃したら、結局こっちが悪いことになるじゃないか」

腹を立てながらそう言ったのは、ボクサーを飼っている男性だった。

たしかにボクサーがミリーに噛みつけば、ミリーに大怪我をさせてしまうだろう。

中には遠くからミリーを見たら、会わないように避けるという人もいた。

つまり、こういう事件が起こることは、予測できたのだ。

「俺もつい、河内《かわうち》さんと話し込んでしまったんだよな」

浩輔はしょんぼりしながらそう説明した。

河内さんというのは、近所に住むボーダーコリー、ルルの飼い主だ。話し好きの中年女性で、会うとたいてい長話になる。

浩輔が河内さんと話し込んでいる間に、ミリーの飼い主がいつの間にか後ろにいた。

ミリーが吠え始めて、はじめてそのことに気づいたが、一瞬遅く、ミリーがシャルロットの鼻面に嚙みついたという。

浩輔も不注意だが、いちばんの問題はミリーの飼い主だ。

なぜ、あんなに激高《げっこう》している犬を、よその犬に近づけようとするのか。彼女が年を取っていて、力が弱いとしても、三キロもないチワワを押さえることくらいはできるのではないだろうか。

なのに、彼女はわざと、ミリーを他の犬に近づけようとしているようにさえ見える。

シャルロットだって、自由にされているときにミリーを見れば、遠くに逃げようとするだろうが、浩輔がリードを持って立ち話をしているときでは逃げられない。

大型犬を怖がる人のために、普段からリードは短く持つようにしている。

「ひどい。もう我慢できない」

今回は軽傷で済んだが、もし目などをやられてしまったら大変なことになる。それに、シャルロットのような大型犬が、なにかを怖いと思い、トラウマのような感情を抱いてしまうことは危険だ。

人に嚙みつくなど、大きな問題を起こす犬はたいてい怖がりだ。

ドッグランで知り合いになったしつけの先生が言っていた。わがままな犬をトレーニングすることはさほど難しくない。だが、恐怖心を抱いている犬をトレーニングするのは難しいのだ、と。

恐怖心から、人に噛みついたり、犬に攻撃を加えるようになってしまえば、コントロールできない。

シャルロットが他の犬を怖がるようになれば、ドッグランで走らせることもできなくなる。なにより、チワワなどに噛みついてしまえば、致命傷を与えてしまう可能性だってある。

今はのんきに身体を横たえて眠っているシャルロットだが、ミリーに噛まれたことをしっかり覚えているかもしれない。

「それで、あの飼い主さん、どんな反応だったの」

そう言うと、浩輔はことばを濁した。

「それが……俺や河内さんがシャルロットの傷を確かめてる間に立ち去ってしまったんだよね」

ますます怒りがこみ上げてくる。

「謝らなかったってこと？」

「ええと……ごめんなさいねー、くらいは言ってたと思うけど……」

ちょっと責任を感じているのか、浩輔は困ったような顔をしている。

「そのくらいなの？　血を出しているのに？」

だが、あの人ならば充分ありうる。

わたしたちがいやがっていても、まったく気にしないでミリーを近づけてくる人だった。嚙んだって、「たいしたことない」くらいに考えていても不思議はない。

「今度会ったら、文句言うわ。今日の病院代だって、出してもらって当然よね」

「うーん」

同意してくれるかと思ったが、浩輔は煮え切らない態度のままだ。

「俺は次から気をつけてくれればいいと思うんだけど……別に大怪我をしたわけじゃないし」

「大怪我をしてからじゃ遅いのよ」

「でもさ……もし、俺たちが苦情を言ったことで、ミリーが処分とかされてしまったら……」

はっとする。たしかにそれは寝覚めが悪い。

ミリーは凶暴なチワワだが、飼い主がきちんと管理していればいいだけのことなのだ。ミリーを処分してほしいとは、わたしだって考えない。

だが、苦情を言ったときに、飼い主が処分を考えてしまうかもしれない。それはあまりに可哀想だ。

「そうね。じゃあ、次から気をつけてくれれば、今回はなにも言わないことにするわ」

もし、次にミリーを近づけようとしたら、噛まれたことがあるからシャルロットが怖がっていると言えばいいのだ。そのくらいの嫌味は許されるだろう。

結論を言うと、その事件の後、ミリーと飼い主の女性に会うことはなかった。

まさか、こっちが文句も言っていないのに処分するなどということはないだろうし、気まずくなって散歩コースか時間を変えたのではないかというのが、散歩で会う犬仲間の意見だった。

ミリーのことは気になるが、正直、あまり会いたくないのも事実だ。またシャルロットが噛まれては困る。

公園で集まって、ミリーの噂をしていると、白い柴犬のゴンの飼い主さんが言った。

「ミリーのお家《うち》、たぶんうちの近所だわ」

公園の犬仲間がおもしろいのは、みんな顔と犬の名前はよく知っているし、毎日のように顔を合わすのに、名前を知らない人も多いということだ。

誰かについて話すときは、〇〇ちゃんのママ、パパ、などという呼び方もしょっちゅう使われる。そこでは、わたしは「シャルママ」と呼ばれていて、浩輔はもちろんシャルパパだ。

最初は少し違和感があったその呼び名も、二年以上呼ばれ続けると馴染《なじ》んだものになる。

「一緒に住んでいる人がいらっしゃるの？」

いつも散歩させているのはあの女性だ。

「たしか、息子一家と一緒に住んでいるって聞いたわ。子供もいるし」

家族はミリーがシャルロットを嚙んだことを知っているのだろうか。

息子さんからでも、ミリーを他の犬に近づけるのはやめてもらうように言ってもらえるといいのだが。

「シャルママが、もし苦情言いにいくなら、家の場所を教えるけど……」

そう言われて、わたしは首を横に振った。

「今回はやめとくわ。怪我もたいしたことなかったし」

「えっ、シャルママ、なにも言わないの？　病院代も払ってもらえばいいのに」

そう言ったのは、ハスキーのサスケを飼っている奥さんだ。

彼女もミリーに困っていたらしいから、わたしの苦情をきっかけにミリーの飼い主さんが変わることを願っていたようだ。

サスケは男の子だけに、シャルロットより気が強い。

ミリーに対してもうなり返すので、飼い主さんは気が気ではないらしい。

「病院代もたいしたことなかったし、もしミリーがそれで処分されたりすると嫌だもの……」

そう言うと、みんな黙る。犬を飼っているだけに、みんな犬が好きなのだ。ミリーには困らされているが、だからって処分された方がいいとは誰も思わないはずだ。

「でも、ミリー、あの調子だったらいつか他の子に反撃されるんじゃないかって心配だわ」

ゴンの飼い主さんがそうつぶやいた。

たぶん、ミリーは自分が小さい犬に過ぎなくて、他の子が本気を出せばすぐに負けてしまうことに気づいていないのだろう。それとも、気づいているからこそ、あんなに必死で歯を剝《む》いて吠えるのだろうか。

「まあ、このまま公園で会わないのなら、問題はないけどね」

だったら本当に助かる。

幸い、シャルロットも他の犬に恐怖感を抱いている様子はない。よく知っているチワワやトイプードルとは仲良く遊んでいる。

少しミリーのことが気にかかった。散歩には連れて行ってもらっているのだろうか。

大型犬は嫌いだが、人のことは大好きで、一度買い物の途中で会ったときにはうれしそうに近づいてきて、わたしの足に手をかけて愛嬌《あいきよう》を振りまいた。

大型犬に近づけさえしなければ、きっとなんの問題もない子だろう。

あの女性はそのことを理解しているのだろうか。

それから二週間ほど経った日曜日のことだった。

しばらく忙しく、家は雑然とした状態になってしまっていたから、朝から気合いを入れて部屋を片付けた。片付けのうまい浩輔が、リビングやキッチンを担当し、わたしは洗濯機を回しながら、お風呂場やトイレを掃除した。

その甲斐《かい》あって、昼食時間には家はすっかり片付いて、洗濯物は全部物干しではためいていた。

これで気分よく、休日の午後を堪能することができる。

昼食のカレーうどんを用意していると、浩輔がキッチンまできて尋ねた。

「シャルロットは？」

さっきまでソファで寝そべっていた。

「リビングにいるんじゃないの？」

「それがいないんだよ」

そう言われると、急に心配になる。出汁《だし》を取っていた鍋をコンロからおろし、わたしはリビングに向かった。

「シャルロット？」

部屋にいたら、すぐに姿を見せるはずなのに、わたしの声に応えない。二階を見に行った浩輔が戻ってくる。

「二階にもいない。寝室のドアは閉まってたし」

不安になる。そういえば、さっき、庭に干していたラグを取り入れた。あのときに庭に出てしまったのかもしれない。

わたしは庭に面したガラス戸に手をかけた。ガラス越し、門のところに、シャルロットの黒い背中を見つけてほっとする。

「よかった。庭にいるわ」

ガラス戸を開けて、声をかける。

「シャルロット！」

シャルロットは振り返って、こちらを見た。だが、こちらにこようとはしない。

「シャルロット、カム！」

呼ぶと、渋々といった様子でリビングの方にやってくる。

そのときに、はじめて門の向こう側に小さな女の子がいるのが見えた。シャルロットの陰に隠れて見えなかった。

彼女は門扉《もんぴ》を握りしめたまま、じっとシャルロットを見つめている。

子供を持ったことはないから、正確にはわからないけど、小学二年生くらいだろうか。ランドセルを背負った同じくらいの子供たちをよく見る。

言いつけを守ったシャルロットを褒めてあげた後、わたしはサンダルを履いて庭に出た。その女の子に近づくと、シャルロットもついてきた。

耳の横でぱっつりと切り揃えられたおかっぱは、昭和の子供みたいで可愛らしい。

その子の手には、ちくわが握りしめられていた。

「わんちゃんに、ちくわをあげたいの」

彼女はそう言ってちくわを差し出した。

「ごめんなさい。ちくわは食べられないのよ。人間の食べるものは犬は食べてはいけないの」

本当は、大型犬のシャルロットがちくわを一本食べるくらいは平気だ。だが、庭にいるシャルロットに勝手に食べ物を与えられるのは困る。チョコレートやタマネギの入ったものなど、犬が身体を壊す食べ物はたくさんある。

幸い、シャルロットは警察犬の訓練を受けているから、知らない人から食べ物をもらっても食べないようにしつけられている。だが、愛玩犬生活もそれなりに長くなった今、その言いつけを破ってしまうかもしれない。

「駄目なの?」

「そう、駄目なの」

彼女はがっくりとうなだれた。少し可哀想になって、わたしは彼女に「ちょっと待ってね」と声をかけた。

一度リビングに戻って、シャルロット用の犬クッキーを持ってくる。

シャルロットはわたしについてこずに、その女の子の前に座っていた。女の子は門の間から手を伸ばして、シャルロットの胸の毛を撫でた。

わたしは門を開けて、彼女を中に入れてあげた。

「はい、これならあげてもいいわ」

女の子は、クッキーを割ってから掌《てのひら》にのせた。シャルロットはぺろりとそれを食べてしまった。

「わあ、全部食べちゃった」

シャルロットは彼女の掌を名残惜しそうに舐めた。

「わんちゃん、好きなの？」

そう話しかけると、女の子はこくりと頷いた。

「大きいわんちゃんと遊びたいの」

「お母さんは？　ここにきていること知ってるの？」

遊ばせるのはいいが、家族になにも言っていないのは困る。

「ママはいないの。パパはお仕事」

不用意なことを言ってしまった自分を悔やむ。お家の人は？　と聞くべきだった。

「パパは夜にならないと帰ってこないの」

それを聞いて急に可哀想になる。シャルロットはよく訓練されているし、子供に危害を加えるようなことはない。

なにより、シャルロットはこの子が好きそうだ。さっきからわたしの顔ではなく、この子の顔ばかり見ている。

「お昼は食べた？」

「うん、おばあちゃんと一緒に食べてきた」

お祖母さんがいると知って、少しほっとする。

「じゃあ、少しだけなら遊んでもいいよ」

そう言うと、彼女は花が咲いたみたいに笑った。

「沙和《さわ》」というのがその子の名前だった。

「さわちゃんなの。大人になって、沢《さわ》さんという人と結婚したら、さわさわちゃんになるのよ」

その頃までに夫婦別姓が導入されればいいが、さわさわちゃんという名前もなかなか愛らしい。

さわちゃんは、庭でシャルロットと遊んだ。

生け垣は低いから、もしお祖母さんが探しにきても、すぐに見つけられるだろう。

「お家に電話しようか？」と言うと、さわちゃんはピンクの携帯電話をわたしに見せた。

「ちゃんと持ってるから大丈夫」

子供用の携帯電話らしい。それなら安心だ。

遊ぶ、と言っても、シャルロットが大好きな引っ張りっこなどは無理だ。ボールを投げて持ってこさせたり、ゴムのおもちゃをピーピー鳴らしたりして遊ぶ。

シャルロットも、あまり興奮せずにさわちゃんを気遣いながら遊んでいる。

子供と遊んだ経験があるのだろうか、と思った。

今ではシャルロットのママになれたが、シャルロットの子犬の頃や、うちにくるまでのことはなにひとつ知らない。

どういう経緯で警察犬になったのか、警察ではどんな仕事をしていたのか、どんな人がシャルロットの面倒を見ていたのか。

人間ならば、本人から話を聞くことができるが、犬にはできない。

でも、もしシャルロットが喋れたら、なんと言うだろう。そんなことを考える。

きっと、首を傾《かし》げて、「わすれちゃったわ」と言うのではないだろうか。

ともかく、シャルロットはさわちゃんが好きなようだった。

一時間ほど遊んだ頃、さわちゃんの携帯電話が鳴った。さわちゃんは慣れた仕草で電話に出て、なにか話をした。

　電話を切ってからわたしを見上げる。

「また、遊びにきていいですか？」

「ご家族がいいって言ったらね」

　さわちゃんは大きく頷いた。

「じゃあね、シャルロット」

　そう言って、さわちゃんがシャルロットの胸を撫でると、シャルロットは寂しそうに鼻を鳴らした。

　少し驚いた。シャルロットが鼻を鳴らすのは、わたしや浩輔が出ていくときだけだ。お客様は大好きだが、帰るときに寂しがることはない。

「お家は近くなの？」

　そう尋ねると、さわちゃんはこくりと頷いた。だとすればひとりで帰れるだろう。

　さわちゃんが去っていくのを、シャルロットは門扉に鼻を押しつけて見送っていた。


　それから、さわちゃんはときどきやってくるようになった。

日曜日の午後、昼食が終わった頃の時間に、インターフォンを背伸びして鳴らす。話を聞くと、どうやらその時間は、お祖母さんが習い事に行っていて、家でひとりになるらしい。

シャルロットと遊びながら、いろんな話を聞いた。

お父さんは寿司職人で、毎日朝早く出かけていって、夜遅く帰ってくるらしい。水曜日が休みだが、その日はだいたいゴルフに出かけていくという。

さわちゃんの食事を作ってくれるのは、いつもお祖母さんだが、お祖母さんは足が悪くて、買い物などはできるが、一緒に遠くに遊びに行ったりはできないのだとか。

お父さんとお母さんは離婚して、お母さんの家には一ヶ月に一度だけ泊まりに行くらしい。

話を聞きながら思った。さわちゃんはきっと寂しいのだ、と。

シャルロットがさわちゃんに優しいのも、さわちゃんの寂しさをどこかで感じているからかもしれない。

さわちゃんを見ていると、胸の奥が少しざわめいた。

今はもうなるようにしかならないと考えてはいるし、シャルロットによって寂しさは埋められているけれど、わたしも本当は子供が欲しかった。

つらい不妊治療に二年も通って、思い詰めたあげくに毎日泣きはらしたりもした。

わたしたちがさわちゃんの両親ならば、離婚などせず、寂しい思いをさせることもなかったのに、などと考えてしまうのだ。

もちろん、彼女の両親だって、さわちゃんに寂しい思いをさせたくて別れたわけではないこともわかっている。お父さんがゴルフに行くのも、仕事の人間関係に関わることで簡単に断れないのかもしれない。

さわちゃんはシャルロットをよくぎゅっと抱きしめた。

シャルロットは拘束されることが好きではないのに、さわちゃんに抱きしめられたときはじっと大人しくしていた。

それは木曜日のことだった。

その日は浩輔が残業のため、帰りが遅くなる予定だった。わたしはデパートの総菜売り場で弁当を買って、夕食の支度をさぼることにした。

浩輔は積極的に家のこともする人だし、わたしも料理は嫌いではないが、たまには手を抜いてのんびりしたい。

その分、ゆっくりシャルロットの散歩にも行ける。

夜は、反射板のついたハーネスをシャルロットに装着して出かける。いつも行く公園は街灯も多く、それなりに明るいが、黒いシャルロットは、少し暗い場所に行くとどこにいるのかわからなくなる。

公園の明るいベンチには、いつもの散歩仲間が集《つど》っていた。

遠くからそれを見つけると、シャルロットの足取りは弾んでいるようなものになる。仲良しの犬もいるし、なにより、他の飼い主さんに可愛がってもらうことが大好きなのだ。

「あ、シャルママ、こんばんは」

声をかけてきたのは、フレンチブルドッグのボビーの飼い主さんだ。愛想のいいボビーもシャルロットに鼻を近づけている。

「ねえ、聞いた？　ミリーの飼い主さん、ミリーをよそにやっちゃったんだって」

「え？」

わたしが驚いた声を上げると、シャルロットも不安げにわたしを見上げる。

「よそって？　どこ？」

「保健所とかじゃなくて、別のお家だって言うけど、それにしたってひどいわよね。そりゃあミリーは凶暴チワワだけど、事故が起こったのは飼い主の責任じゃない」

少しだけほっとする。殺処分されたわけではない。

だが、犬は飼い主が変わると大きなストレスを感じる。ミリーが可哀想だ。

サスケの飼い主さんも頷いている。

「もしかしたら、外聞が悪いから、よそにあげたって言っているだけで、本当は保健所に持ち込んだのかもしれない。あの飼い主、どう見たってミリーに愛情を感じているとは思えなかったし」

そんなことを聞くと激しく落ち込む。たしかに腹を立てたのは事実だが、こんなことにならないように苦情を呑み込んだのに。

わたしが黙り込んだことに気づいたらしく、ボビーの飼い主さんがあわてて言った。

「シャルママが気にするようなことじゃないのよ。なにも悪くないもの。むしろ嚙みついたのがおりこうなシャルロットで、ミリーは助かったようなものだもの」

他の飼い主さんも言う。

「きっと、いい人にもらわれたわよ。ミリー、大型犬相手に凶暴になる以外は、いい子だったもの」

それならばいいのだが、やはり気持ちが塞《ふさ》ぐ。

シャルロットが不安げにわたしの顔を見上げている。ボビーまで、わたしの足に手をかけて顔をじっと見ている。

わたしは笑いながら、シャルロットとボビーを撫でた。

だから、犬と一緒だと落ち込んではいられないのだ。


その次の日曜日、また午後一時半頃、さわちゃんはやってきた。

くるのではないかと思って、今朝はブルーベリーマフィンを焼いていた。さわちゃんは、玄関から入ってくると、くんくんと鼻を動かした。

「いい匂い。お菓子の匂い」

「ブルーベリーマフィンを焼いたの。食べる？」

さわちゃんは小さく頷いた。

「ママもブルーベリーマフィンを焼いてくれたことがあるよ」

なんだか失敗してしまったような、微妙な気持ちが胸にわき上がる。母親を思い出させてしまうことは、彼女にとってよいことではない気がした。

それでもさわちゃんは、オレンジジュースと一緒にブルーベリーマフィンをおいしそうに食べてくれた。

それを浩輔もにこにこと見守っている。

シャルロット用にもマフィンを焼いてあったので、それをさわちゃんに差し出した。

「これはシャルロット用。シャルロットにあげてね」

自分のものだと理解しているシャルロットは、すでによだれを垂らしながら、さわちゃんの前でおすわりをしている。

「人間の食べ物はあげちゃいけないんじゃないの？」

「これはシャルロット用のレシピで作ってあるから大丈夫」

卵、小麦粉、バターの代わりに少なめのオリーブオイル、ブルーベリーとメープルシロップが少し。身体に悪いものはなにも入っていない。

「大きすぎないかなあ」

そう言いながら、さわちゃんはマフィンをふたつに割って差し出した。すかさず、シャルロットがかぶりつく。

丸呑みするような勢いで、シャルロットはマフィンを平らげた。

ふいに、わたしのスマートフォンが鳴った。実家の母からだった。

「ごめん、ちょっと」

わたしはスマートフォンを片手に廊下に出た。

親戚の法事のことでしばらく話し込んでいると、浩輔も廊下に出てきた。トイレに行くようだった。

一瞬、さわちゃんとシャルロットだけにしておいて大丈夫かな、と思ったが、たぶん大丈夫だろう。

さわちゃんは犬に優しい。

電話を切って、わたしはリビングに戻った。

ドアを開けた瞬間、わたしは自分の目を疑った。

シャルロットが困ったような顔でわたしを見上げていた。そして、シャルロットの後ろ足にさわちゃんが嚙みついていた。

わたしの声を聞いて、浩輔もトイレから飛び出してきた。

ふたりで、さわちゃんをシャルロットから引きはがす。幸い、嚙みついたと言っても小学生女児の力では、みっしりと毛の生えたシャルロットの足に傷をつけることはできなかったようだ。

「どうしたの？　なぜこんなことをしたの？」

さわちゃんはいつもシャルロットを優しく撫でていた。乱暴に扱ったことなど一度もない。

さわちゃんはしばらく黙りこくっていた。洟《はな》をすすりながら、ポケットから携帯電話を出して、わたしに渡す。

「お祖母ちゃんに電話して。そして言って、さわちゃんがシャルロットを嚙んだって……」

浩輔はその携帯電話を取り上げて彼女に返した。

「もしかして、きみの家にはミリーがいたの？」

浩輔がいきなり突拍子もないことを言い出したので、わたしは驚いた。だが、それだけではない。

さわちゃんは、こくりと頷いたのだ。


迎えにきたのは、やはりミリーの飼い主だった。

「あらあら、ごめんなさい。沙和がお邪魔してたなんて知りませんでした」

「いいんです。短い時間ですし、シャルロットも遊んでもらえてうれしかったと思います」

さすがに噛みつかれたときはびっくりしていたが、その後、泣き顔になったさわちゃんの顔をぺろぺろと舐めていた。

「また遊びにきてね」

そう言うと、さわちゃんはまた小さく頷いた。

だが、わかっている。もうこれまでのように、しょっちゅう遊びにくることはないだろう。

彼女には計画があって、その計画は失敗に終わったのだ。

彼女たちが帰ってしまってから、わたしは浩輔に聞いた。

「どうして、さわちゃんがミリーの家の子だってわかったの？」

浩輔はソファに腰を下ろした。すかさずシャルロットは浩輔の膝に顎を置く。

「気になっていたことがあったんだ。さわちゃんは犬の扱いに慣れていた」

たしかにそう言われればそうだ。

「シャルロットに最初に会ったときも、迷わずに胸を撫でてあげていた。犬に慣れてない子供なら、頭を撫でる子が多いんじゃないかな」

頭を撫でられることが好きでない犬は多い。自分に見えないところから手が降りてくるのは怖いし、そもそも頭自体はそこまで気持ちのいい場所ではない。好きな人に触ってもらえるからうれしいというだけだ。

さわちゃんは、胸を撫でた。犬が恐怖を感じず、そして気持ちのいい場所。

「しかも、シャルロットになにか食べ物をやるときは、必ず小さく割ってあげてからやっていた。だから、小型犬を飼ったことがあるのかな、と思ったんだ」

たしかにそうだ。今日だってマフィンを半分に割ってやっていた。シャルロットなら丸ごとだってぺろりと食べるのに。

「だから、犬を飼っているのかと思ったけれど、彼女は犬の話はまったくしなかった。もし、飼っていた犬が死んで、まだ心の傷が残っていたら可哀想だから、ぼくもそのことは聞かなかった」

「じゃあ、どうしてミリーを飼ってたってわかったの？」

そう尋ねると、浩輔は苦笑した。

「その時点ではわからないよ。もしかしたらって思ったのは、さわちゃんがシャルロットに嚙みついたからだ」

浩輔は笑いながら、シャルロットの頭を撫でた。

「あの子は、シャルロットとふたりきりになるとすぐに嚙みついた。ずっとぼくたちがシャルロットから離れる瞬間をうかがっていたんだ。はじめから、シャルロットに嚙みつきたくて、近づいたのかもしれないと思った。ミリーのために仕返しにきたのかと考えたけど、それにしてはあまりにシャルロットを可愛がっている。そこでぴんときた。シャルロットを嚙むことになにか意味があるんじゃないかって」

「意味？」

「思いついたんだ。彼女はシャルロットを嚙めば、お母さんのところに行けるかもしれないと考えたんじゃないかって」

「じゃあ、ミリーは！」

「そう、たぶん彼女の母親の家に渡されたんだ。ミリーはシニア犬だったから、さわちゃんより年上だ。夫婦が離婚する前から飼っていたのは間違いない。離婚して、どういういきさつで夫の方にミリーがきたのかは知らないけれど、さわちゃんが可愛がっているから、一緒に引き取ることにしたという可能性は高いと思う」

　わたしはひとつの情報を思い出した。

　さわちゃんは、お祖母さんは足が悪いと言っていた。

　息子は仕事とゴルフでほとんど家にいない。いくらなんでも小学二年生の女の子だけで散歩に行かせるわけにはいかない。今はいろいろ物騒だ。

仕方なく、毎日散歩をしていたが、内心は苦痛だったのだろう。

「問題を起こせば、元妻の方にミリーを押しつけることができると思ったんじゃないかな」

だから、わざと大型犬が嫌いなミリーを大型犬に近づけたのかもしれない。

「そして、晴れてミリーは、さわちゃんのお母さんのところに行った。さわちゃんは本当はお母さんと暮らしたかったのだとしたら……」

「シャルロットを嚙んだら、自分もお母さんと暮らせると思ったのね」

シャルロットの家を探し当て、シャルロットに近づく。そして、わたしたちの隙を突いて、シャルロットに嚙みついたというわけだ。

「可哀想ね……」

そう言うと浩輔も頷いた。

「まあ、なにも悪くないのに、二回も嚙まれたシャルロットも可哀想だけどな」

それから一ヶ月後、公園でさわちゃんを見かけた。彼女もわたしに気づいて走ってくる。

シャルロットに走り寄って胸を撫でる。

「この間はごめんね」

シャルロットはもう忘れたような顔をして、さわちゃんに身体をすりつけて甘えた。

「また遊びにきていいのよ」

「ありがとう。でも、今は土日はママの家で過ごすことになったの。だから行けないの」

残念そうな口調ではあったが、それでも表情は明るい。

「そう。よかったわね。ミリーも一緒？」

「うん、一緒にお散歩するの」

友達の方に走って行ってしまったさわちゃんを、寂しい気持ちで見送る。

シャルロットが不思議そうにわたしを見上げた。

だからわたしは笑った。

「大丈夫よ。シャルロットがいるもの」

犬がいると落ち込んではいられないのだ。

シャルロットとボーイフレンド

犬を飼うと知り合いが増える。

そう言うと、犬を飼っている人たちは同意してくれるはずだ。獣医さんだとか、トリミングサロンのトリマーさんだけではない。散歩に行くと、かならず他の犬に会う。中には、他の犬にまったく興味を示さない犬もいるけれど、多くの犬は犬が好きだ。人が人のことを好きなように。

興味を示して、挨拶をする。仲良くできそうならば、ちょっと遊んでみる。犬たちがそうしているのに、人が黙ったまま目を合わせないでいるわけにはいかない。

自然と、挨拶や天候の話などをするようになる。

それに犬を飼っている人は、当たり前だがたいてい犬好きだ。他の人が飼っている犬でも、かまいたいし、触りたい。わたしもそうだし、向こうもそうだ。

自然と犬の多い時間に公園に集まり、いろんな話をするようになる。気の合う人がいたら、ドッグランやドッグカフェに一緒に出かけるようになる。犬抜きで飲みに行くこともある。

人が人と親しくなるように、犬は犬同士仲良くなる。ドッグランで追いかけっこをして遊んだり、ケンカにならない程度におもちゃの取り合いをしたり、もしくは遊ぶほど親しくなければ、軽くお尻の匂いを嗅《か》ぎ合う挨拶をしたり。

犬は人と人を繋《つな》ぐ。それが不本意な形であっても。

シャルロットはとてもお利口だ。

「マテ」と言えば、いつまでだってその場で待っているし、散歩のときもきちんとわたしや浩輔の脇について歩く。信号ではお座りをして待つ。

散歩をしていると、向こうからやってくる人がシャルロットを見て、はっと身体をこわばらせることがある。無理もない。ジャーマンシェパードにしては小柄だが、それにしたって大きいし、お世辞にも優しい顔をしているとは言いがたい。

いや、わたしたちから見ると、シャルロットは甘えんぼうで、人と犬が大好きな可愛いお嬢さんなのだけど、犬嫌いの人から見れば、「大きくて凶暴そうな犬が向こうからやってきた」としか思えないはずだ。

わたしも犬嫌いではなかったが、大型犬は少し怖かったので、その気持ちはよくわかる。

だから、すれ違う人が身構えると、わたしは道の端によって、シャルロットを座らせる。そうすると、たいていの人はほっとしたような顔になるのだ。中には「賢いんですね」と声をかけてくれる人もいる。

もっとも、シャルロットをしつけたのはわたしではない。もともと警察犬だったから、訓練学校での厳しいしつけを受けている。わたしがしつけるまでもなく、人の言うことをよく聞いた。

だが、シャルロットと暮らしはじめて、知ったことがある。

きちんとしつけられた犬はその先ずっと賢いものだと思っていたが、そんなことはないのだ。今までやってきたことを忘れてしまうこともあるし、自分に都合の悪いことは積極的に忘れる。ときには忘れたふりをする。

警察犬や盲導犬が賢いのは、絶え間ない訓練を受けているからであって、まったく訓練しなければ、どんどん覚えたことは身体から抜け落ちていくのだ。

シャルロットの場合、いちばん顕著にそれが表れたのは、食べ物に関してだ。飼い主以外からは食べ物をもらってはいけないというルールは、公園で他の飼い主さんがくれるおやつによって、簡単に破られた。他の犬たちがもらっているのに、シャルロットにだけ「いけない」ということは、わたしたちにはできなかった。

わたしたちの食事のときも、最初は自分のマットの上で大人しく待っていたのに、じりじりと少しずつわたしたちの食卓に近づいてきて、気づけばテーブルの横で目をきらきらさせてお座りをするようになってしまった。

そうなると、わたしや浩輔も、つい、シャルロットになにかをあげたくなってしまう。身体に悪いようなものは、飼い主のけじめとしてやらないが、ゆで卵だとか焼き芋とかとうもろこしなど、犬が食べてもいいようなものがあると、つい、「シャルロット、おいで」と声をかけて、食べさせてしまう。

キッチンに入らせないというルールは、まだ守られているが、シャルロットは虎視《こし》眈々《たんたん》とそのルールを破る機会を待ち構えているようだ。

うちの間取りは、カウンターでキッチンとダイニングが区切られているだけだ。ダイニングはフローリングだが、キッチンの床はクッションフロアなので、シャルロットが入っていいのはフローリングの部分だけというルールになっている。

揚げ物をすることもあるから危ないし、留守中に勝手にキッチンに入り込んで、置きっ放しになっている食材を食べてしまうようなことがあってはいけない。シャルロットが二本足で立てばコンロの上や調理台にも簡単に口が届いてしまう。

わたしがキッチンにいるとき、シャルロットはその手前のフローリングの部分で、ずっと待っている。

だが、ときどき、前足だけをクッションフロアに踏み出していることがある。

「シャルロット、いけない」

そう言うと、素知らぬ顔でささっと前足を引っ込める。いけないことはわかっているのだが、少しずつ前に進む機会をうかがっているように見える。

キッチンにおいしいものがあるということを、シャルロットはちゃんと知っている。どんなにぐっすり寝ていても、わたしがキッチンに立つと起きてついてくるし、目やにを拭いたり、耳掃除をしたりすると、そのあと、「ごほうびはないの？」と言いたげな顔で、キッチンをちらりと見る。

その、食いしん坊なところが可愛くて、わたしも浩輔も、つい茹《ゆ》でた鶏ささみなどをあげてしまう。

犬好きの叔父に言われたことを思い出す。

「賢い犬は、こっそりと飼い主をしつけてしまうんだよ」

本当に返す言葉もない。

正しいしつけが必要なのは、わたしや浩輔なのかもしれない。

もちろん、多少警察犬としてのしつけやルールを忘れたって、シャルロットは家庭犬としては充分すぎるほど賢い。近所に空き巣が入ったとき、大声で吠え立てたこともあって、ご近所や公園では、「お利口なシャルロット」として有名である。

その人と知り合ったのは、シャルロットの食い意地がきっかけだった。

日曜日のドッグランは、たいてい人と犬とでいっぱいだが、その日は雨だった。遠方から車でやってくる人たちは、雨の日には少ない。

雨の日に、ドッグランまでやってくるのは、近所に住んでいて、しかも雨をものともしないパワフルな犬を飼っている人たちだけだ。

シャルロットは、もう六歳だから、子犬や一歳くらいの若い犬たちほど元気いっぱいというわけではないのだが、やはり大型犬は運動量が多い。

その週は、わたしも浩輔も忙しく、充分な散歩時間を取ることができなかった。週末くらいはたっぷり遊ばせようと、終わったあとシャンプーをする覚悟でドッグランにやってきたのだ。

ちょうど、ドッグランにはシャルロットのボーイフレンドである、雄のジャーマンシェパード、ハリスがいた。二頭は、身体を低くして遊びはじめた。

シャルロットは避妊手術を若い頃に受けているし、ハリスも去勢済みなのだが、それでも二頭の間には、恋人同士のような空気が漂っている気がする。

ハリスを見かけると、シャルロットは鼻をクンクン鳴らして近づいていく。まるで、「会いたかったの」と、言っているようだ。ハリスもシャルロットを舐めてあげたり、シャルロットのお尻をしつこく追い回す他の犬がいたら、いさましく吠えて追い払ったりしている。

しかし、二頭の遊び方は、ロマンティックとはほど遠い。犬を飼っていない人が見たら、大型犬が本気でケンカしているように見えるだろう。

ガウガウ言いながらとっくみあいのプロレスをする。ときどき、距離を取って、お尻を高く上げる「遊ぼうよ」のポーズをすることで、ようやく遊びであることがわかるほどだ。

ぬかるんだ芝生の上で、プロレスをするものだから、二頭とも泥だらけになってしまっている。帰ったら、バスルームに直行する予定なので、もう気にしない。

ハリスの飼い主である村上《むらかみ》さんも、にこにこしている。彼女はトイプードルでも飼っているのが似合いそうな可愛らしい雰囲気のお嬢さんだ。

「先週、シャルロットに会えなくて、ハリスはしょんぼりしてたんですよ」

そう言われると、自分の娘がモテているようないい気分になる。

「シャルロットもハリスと遊ぶと、満足するみたいでその日はずっとご機嫌です」

日本では小型犬の方がずっと多い。シャルロットが力を加減せず、思い切り遊べるような相手はあまりいないのだ。

今日は雨だけに、二頭で遊んでくれると、こっちは傘を差しながら見守るだけでいいので本当に助かる。

村上さんと使っている犬用シャンプーの話で盛り上がっているときだった。浩輔が「あれ?」と声を上げた。

見れば、さっきまで遊んでいたところにシャルロットとハリスはいない。見回すとドッグランの入り口近くに二頭並んでお座りをしている。

二頭の前には四十代後半くらいの男性がいた。なにかを食べさせているようだ。

浩輔がまっさきに走り出した。わたしと村上さんも後に続く。

飼い主がいるのに、犬によからぬものを与える人はいないと思うが、まったく知らない人だと少し怖い。

わたしたちが駆け寄ると、男性は笑顔で挨拶をした。

「やあ、こんにちは。可愛いですね」

見れば、彼の横にはリードをつけられたままの柴犬がいた。犬を飼っている人だとわかると、少し警戒心も薄れる。

シャルロットもハリスも目を輝かせて、男性を見上げている。よっぽどおいしいおやつをもらったようだった。

村上さんがハリスの頭を撫でた。

「ハリス、いいものもらったの？」

「砂肝《すなぎも》のジャーキーです」

男性が、おやつの入った袋を見せてくる。ペットショップでは普通に売っているものだから安心した。

「佐々木《ささき》です。このあたりに住んでます。こいつはハナコ」

男性は、そう言って自己紹介した。犬は、特にしっぽを振るわけでも、警戒するでもなく、ただ佐々木さんの隣にいる。

それを聞いて、村上さんが笑顔になった。

「あ、ハナちゃんね。奥さんがよく連れてますよね」

「そうです。普段は家内が散歩に連れていってます」

どうやら、村上さんはその子を知っているようだ。わたしははじめて会った。

浩輔は、しゃがんでハナコをかまおうとしたが、佐々木さんの後ろに隠れてしまった。

柴犬は飼い主以外にはあまり懐《なつ》かない子が多い。

ゴールデンレトリバーなど人間が大好きでたまらない犬とくらべれば、ジャーマンシェパードも縄張り意識が強く、家族にだけ心を開く子が多いと聞くが、シャルロットは誰にでもしっぽを振る。

犬種固有の差も大きいが、それ以上に個体差もある。シャルロットの場合、警察犬の訓練を受ける過程で、多くの人に可愛がられたこともあるのだろう。もっとも、シャルロットは大変だった警察犬時代には戻りたくないらしく、向こうから警官がくると、こそこそと隠れてしまう。

佐々木さんは、シャルロットとハリスの頭をがしがしと撫でると、そのまま去って行った。

村上さんは不思議そうに彼を見送った。

「ドッグランにきたのに、ハナちゃんを放さないのね」

単に犬好きで、犬をかまいたかっただけかもしれない。

浩輔は眉《まゆ》を寄せてつぶやいた。

「あんなふうに、勝手におやつをあげられると困るよな」

シャルロットは大丈夫だが、中にはアレルギーのある子もいるし、治療などで絶食している子だっている。

やる前に飼い主に確認するのがマナーだ。

村上さんは軽く肩をすくめた。

「でも、あのくらいの男性って、注意されると機嫌悪くなりますよね」

村上さんはまだ若いから、よけいにそう感じるのだろう。たしかに仕事でも、上司や年上の男性のミスを指摘するときに、どうしても慎重になる。

実害があれば、「やめてください」と言えるが、できれば年上の男性に注意をするような機会は他の人に譲りたいというのが、働く女性の本音だろう。

ハリスとシャルロットは、またとっくみ合いをして遊びはじめた。

村上さんが、軽く肩をすくめた。

「まあ、普段は奥さんが散歩させてるし、あの方を見たのは今日が初めてですから、めったに散歩に行かないんだと思います」

だとすれば、問題が起こる可能性も低いだろう。


雨の中を遊び回ったせいで、シャルロットは汚れた。知らない人の目には、三ヶ月くらい街を放浪している可哀想な野良犬に見えるくらいに汚れた。帰宅すると、まず濡れた雑巾で、足だけを拭き、その上でバスルームに強制連行する。

シャルロットを洗い場で待たせたまま、わたしは濡れてもいいTシャツと短パンに着替える。浩輔も服を脱ぎ捨てて、ボクサーパンツとランニングシャツだけになる。

シャルロットは、小さく鼻を鳴らし始めた。大きい図体をしているくせに、シャワーがあまり好きではないのだ。だが、今日はお風呂を免除するわけにはいかない。

ふたりで挟み込んで逃げられないようにして、身体にお湯をかける。真っ黒い水がどんどん排水口に流れていった。抜け毛もすごいから、終わったら排水口の掃除もしなくてはならない。

濡れてしまうと、シャルロットはまるで石像のように固まってしまう。嫌で仕方がないらしいが、洗うのは楽だ。

念入りにシャワーのお湯で、手触りの粗《あら》い毛から泥を流す。アンダーコートがみっしり生えているから大変だ。

ふいに浩輔が言った。

「なあ、真澄。あの、ハナちゃんって柴犬、見たことあるか？」

「わたしははじめてだと思うけど、浩輔は？」

犬用シャンプーを洗面器のお湯で薄めて泡立てながら、浩輔は首を傾げた。

「俺も会ったことないんだよな。可愛い子だったから、会ったら覚えていると思ったんだけど」

たしかに可愛らしかった。キツネのように口元が尖《とが》っていて、しっぽがぴんと立っていた。無愛想なのも、柴犬らしくていい。

「時間が合わないんじゃないの。奥さんが昼間に散歩させてたら、絶対に会わないし」

うちではふたりとも仕事をしているから、散歩は朝出勤前と、帰宅後、夕食を食べてからになる。

「でも、土日だったら会ってもよさそうだろ。村上さんは会ってるんだから」

村上さんとは、平日も週末もよく一緒になる。ご両親と住んでいるというが、散歩は毎日彼女が行っているらしい。

「偶然、会わなかったのかなあ」

まだ若い子かもしれないと思ったが、佇《たたず》まいは落ち着いていた。子犬と成犬は動きや表情がまるで違う。たとえば、中学生と大人の区別がひと目でつくように、犬も若いかそうでないかはすぐわかる。

そのとき、シャルロットがぶるぶると身体を震わせた。石けん混じりの水があちこちに飛ぶ。

「こら、シャルロット!」

いやーん、というような声を出しながら、壁際に逃げるシャルロットをがっしと捕まえる。これだから、濡れてもいい格好にならなければシャルロットを洗えないのだ。

浩輔があきれたように言う。

「いっそのこと、水着で洗うか」

もしかすると名案かもしれない。

それから一週間後の土曜日だった。

浩輔が朝から、趣味のフットサルに出かけてしまったので、わたしはシャルロットを連れて公園に出かけた。

シャルロットがくるまでは、せっかくの休日なのに彼がひとりで出かけてしまうことが癪《しゃく》に障《さわ》ったが、今は一緒に過ごすシャルロットがいるから気にならない。

シャルロットがくる前とあとでは生活はまるで変わった。昔のように夫婦で出かけたり、外食をすることはめったになくなった。出かける予定ができたときも、なるべく早く帰ったり、夫婦で時間を調整してどちらかが家にいるようにする。

留守番ができない子ではないのだが、仕事のときに留守番させてるのだから、休日もというのはあまりに可哀想だ。

不自由になったとは思わない。シャルロットを留守番させて、ふたりでおいしいものを食べに行ったって、少しも楽しめない。それなら少しいい肉でも奮発して、家で焼いて食べる方がいい。

天気がいいから、ドッグランにはたくさんの人と犬がいた。二重になっているゲートを開けて中に入ると、真っ先にハリスが走ってきた。

匂いを嗅ぎ合ったあと、一緒に遊び出す。村上さんを探すと、ベンチからこちらに手を振っていた。駆け寄って横に座る。

「このあいだは大変だったでしょう」

そう言ってくすくすと笑う。

「帰って、即シャンプーよ」

「うちもです。洗っても洗っても流れる水が茶色くて」

どこも同じだ。笑いながら顔を上げたわたしは、ドッグランの外に立っている人に気づいた。

先週も会った佐々木さんだ。青いブルゾンのポケットに手を突っ込んで、ドッグランの中を眺めている。足下にはハナコが一緒にいた。

ドッグランに入るでもなく、立ち去るでもなく中を眺めている。わたしは村上さんに目配せをした。

「あ、佐々木さんですね」

「どうして入ってこないんだろう」

「慣れてないから気後《きおく》れするのかしら」

単に見ているだけのつもりなのだろうか。犬を連れていない人がじっと見ていることはよくあるが、犬連れなら入ってくればいいのにと思う。

「もしかして、気の強い子なのかな」

他の犬に攻撃的になってしまう子ならば、リードを放すドッグランには入れられない。

「たしかにハナちゃんはちょっと気むずかしいかも。奥さんも公園にはくるけど、ドッグランには入らないですね」

犬を入れないのに、なにをじっと見ているのだろうか。

佐々木さんがこちらを向いた。わたしたちに気づいたようだった。

ハナコを連れてドッグランに入ってくる。だが、リードを外そうとはせず、ベンチのところまで歩いてきた。

「こんにちは、先日はどうも」

「どうも……」

不思議に思いながら、ぺこりとお辞儀をする。

「今日はご主人は一緒じゃないんですか？」

そう問いかけられて、ちょっと警戒をしてしまう。ある程度顔見知りになったひとならともかく、たった一度会っただけの人にしては馴《な》れ馴れしい。

「ええ、今日はわたしひとりです」

彼はなぜかわたしたちが座っているベンチに座った。ハナコのリードはまだそのままだ。

村上さんがおずおずと尋ねた。

「あの、ハナちゃん、放してあげないんですか？」

「いやあ、放したらなかなか戻ってこないんですよ」

彼は照れたように頭をかいた。

「しつけがなってなくてお恥ずかしい」

それは人の家のことだからどうでもいいが、なぜそれならドッグランに入ってくるのだろう。村上さんも不思議に思っているように見えた。

彼は、わたしたちの警戒心など気にしないように話し続けた。

「いやあ、やはりシェパードは凜々《りり》しいですね。どうですか、やはり賢いですか？　しつけはどこか訓練所に頼んだんですか？」

犬を飼っているもの同士、犬について情報交換することはよくあることだ。だが、彼は妙に性急に、距離を縮めようとしている。あまり話にのる気になれない。

シャルロットが警察犬だったと言うと、話が長くなりそうな気がして、「ええ、まあ」とごまかす。村上さんも、「そうですねえ」などとしらばっくれている。わたしと同じ気持ちなのだろう。

村上さんとは、たぶん七歳か八歳くらいの年齢差があるから、同世代というのはあまりに図々しいが、佐々木さんとわたしの年齢差よりは小さい。

おじさんはときに、お金のかからないキャバクラのようなつもりで自分より若い女性と話をしたがる。愛想よく会話を続けるといつまでも解放してくれなかったり、プライベートなことを詮索《せんさく》されて嫌な気分になる。そんな経験を重ねると、特に縁のない人に話しかけられると警戒心が働くものだ。こういうときは、最初から話にのらない方があとでややこしくならない。

公園で犬を連れている男性と話をして、そんなふうに思ったことはないが、佐々木さんのふるまいは、少し不自然だ。

「失礼ですが、お名前をうかがっていいですか？」

そう尋ねられたので、答える。

「シャルロットです」

村上さんも「ハリスです」と答える。彼が驚いたような顔になった。

「あ、いえ、奥さん方の……」

ますます不自然だ。名前を聞いてどうしようと言うのだろう。

わたしたちの戸惑いが、やっと伝わったのだろう。

「いえいえ、家内に前、『シェパードと会ったよ』と言ったら、『どなたの？』と聞かれたもので」

少し早口になって言い訳をする。わたしも嫌な空気にならないように愛想笑いをした。

だが、わたしは奥さんに会ったことがない。名前を言っても伝わらないだろう。

村上さんは、名乗ったが、わたしはそのままシャルロットを呼んだ。シャルロットはなにかもらえると思ったのか、にこにこ顔で駆け寄ってくる。

彼は無理に聞き出す気まではないらしく、ハナコを連れて立ち上がった。

「お邪魔しました。それではまた」

ドッグランから出ていく彼を見て、わたしと村上さんは顔を見合わせた。

「不思議な人ですね」

村上さんのことばに頷いた。悪口にならない最低ラインの意思表示だ。

彼が立ち去ってしまえば、別に姓くらい教えてもよかったかな、と思う。過剰反応だったかもしれない。

図々しい人があまり好きになれないのは、拒絶してもしなくても、こっちが悪いような気分になってしまうからだ。

翌日の夕方、シャルロットを家に置いて、近所のスーパーまで買い物に出かけた。浩輔とふたりで散歩に行けば、帰り道にスーパーに寄れるが、ひとりだとそういうわけにはいかない。

もちろんシャルロットには、スーパーの入り口で待つことくらい簡単だが、スーパーの前にジャーマンシェパードが待っていれば、怖くてスーパーに入れなくなる人もいるだろう。

一週間分の食材を買い、カートを引いて歩いていると、向こうから柴犬を連れた女性が歩いてきた。三十代前半くらいだろうか。ショートカットで顔の小さい、清潔感のある人だった。柴犬は、少し前を歩きながらも、女性の顔を何度も振り返って見上げている。

わたしが近づくと、柴犬はわたしの靴の匂いをふんふんと嗅いだ。

「こら、ハナ！」

はっとする。ハナちゃんだったのか。自分の飼っていない犬種は区別が難しい。ハナちゃんは「だって」と言いたげに、飼い主の顔を見上げた。

「きっと、うちにも犬がいるから、匂いがするんですよ」

そう話しかけると、彼女は目を細めて笑った。

「すみません」

ハナちゃんは、熱心にわたしの匂いを嗅いでいる。

「ハナちゃんに公園で会ったことありますよ」

「え、そうでしたっけ」

「ええ、お連れの方が連れてらしたときに……佐々木さんですよね」

一瞬、彼女の目が泳いだ気がした。

「ええ、そうです」

もしかしたら、彼の奥さんではないのだろうか。たしかに十五歳くらい年齢が離れている。親子というには近いし、かといって兄妹というのもおかしい。奥さんの妹さんとかだろうか。

「じゃあね、ハナちゃん」

手の甲を見せると、ハナちゃんは興味深そうに匂いを嗅いで、ぺろりと舐めた。ドッグランで会ったときよりもずいぶん愛想がいい。

これは多くの犬に共通する傾向だ。連れられている人によって、態度を大きく変えるのだ。ある人に連れられているときはフレンドリーな犬が、別の家族に連れられているときは、まったく他人に興味を示さないということはよくある。

犬は空気を読む生き物だ。

ハナちゃんと彼女は並んで帰って行った。うれしそうにハナちゃんのしっぽが揺れていて、なんだかこっちまで楽しくなる。

ハナちゃんと彼女が公園の方に向かうのが見えた。

土日のこの時間ならば、顔を合わせても不思議はないのに、これまで一度も会わなかったことが不思議だ。

まあ、たまたま会う偶然があるなら、たまたま会わない偶然もあるだろう。


その翌朝、早朝の公園で村上さんに会ったので、佐々木さんの奥さんの話をしてみる。

「ええ、そうです。背が高くて顔が小さくてきれいな人」

「少し年が離れてるよね」

「わたし、前、佐々木さんに聞きました。十七歳差なんですって」

それはかなりの年の差だ。

「奥さん、二十三歳のとき結婚したって言っていました」

となると、旦那さんは四十歳か。自分が二十三歳のときを思うと、そのくらいの年齢の人はかなりおじさんに見えていたと思う。

「シャルママのところは、浩輔さんと年が近いですよね」

「うちは同い年。高校のときの同級生だし」

「わあ、いいなあ。そういうの憧れます」

そういうものだろうか。こっちは、まだ浩輔が、ニキビだらけでもっさりと太っていた頃から知っているから、あまりいいような気がしない。

もちろん、浩輔もわたしが眼鏡をかけて、ヘルメットのようなおかっぱ頭だったときをよく知っている。お互い様である。

そう言うと、村上さんは声を上げて笑った。

「でも、よく一緒にシャルちゃんを散歩させてるし、仲よさそうじゃないですか」

「うーん、仲はいいと思うけど……」

家族や夫婦というよりも、いつまでも友達気分が抜けていない感じだ。

浩輔に対しては、小さな不満しかないし、たぶんうまくいっている方だと思う。だが、自分が妻の役目をきちんと果たせていないのではないかという不安は常にある。浩輔はなにも言わないのに、自分で勝手に、妻の理想像を作り上げて、現実との距離に落ち込んでしまう。

あまりよくないことだとは思うが、自分でもそこから自由になれない。

「ハナちゃんのところは、一緒に散歩に行っているところとか見たことないです。ハナちゃんはハリスと同い年だから、子供の頃はよく遊んだけど、いつも奥さんが連れてました」

ハリスと同い年ならば、もう五歳だ。シャルロットよりちょっと若い。

「忙しかったんでしょうね」

仕事が変わって、時間ができたか。それとも奥さんの方が忙しくなったか。

そろそろ出勤の時間が近づいてくる。わたしは村上さんに別れを告げた。

シャルロットは、ハリスと匂いを嗅ぎ合って、別れを惜しむように小さく鼻を鳴らした。

それを見て思った。どう考えても、シャルロットとハリスの方が、わたしと浩輔よりもロマンティックだ。

佐々木さんの奥さんと、二度目にあったのは、それから一ヶ月ほど後のことだった。

大学時代の友達で、マレーシアで働いている葵《あおい》が一時帰国したので、ひさしぶりに同級生たちで集まることになった。

浩輔が早く帰ってくれるというので、シャルロットのごはんと散歩は彼にまかせて、ひさしぶりに深夜まで羽を伸ばすことにした。

和食はもういろいろ食べたと葵が言うので、予約したのはホテルの最上階にあるイタリアンだった。

五人集まった友達のうち、既婚者はわたしともうひとり、嗣美《つぐみ》だけだ。結婚している友達が他にいないわけではないが、やはり夜の会食に出てくる人は限られている。

「コウちゃんも連れてくればよかったのに」

葵にそう言われてわたしは苦笑した。大学のときから、わたしは浩輔とつき合っていたから、彼女らは彼のこともよく知っている。

「誘ったらこないわけじゃないだろうけど、女子ばかりだからなあ。それに犬がいるからあまり長い時間、留守番させるのは可哀想」

「あ、ワンちゃんの写真見せてよ」

葵はまだシャルロットの写真を見たことがない。わたしはスマートフォンに写真を表示した。舌がぺろりと出て可愛く写っているお気に入りの一枚だ。

「じゃーん」

「えっ、シェパード？　すごい。賢そう！」

そういえば、葵は犬好きだった。

「会いたいなあ。遊びに行っていい？」

「いいよ。シャルロットもお客さんが大好きだし」

「ああー、大きい犬飼いたいなあ。いつまでマレーシアかわからないし、犬なんか飼えないよね」

葵はうらやましそうにシャルロットの写真を眺めている。

スマホを返してもらっているとき、斜め前のテーブルにカップルが座るのが見えた。

ネクタイの代わりにスカーフを巻いて、ジャケットを羽織ったおしゃれな男性が席に着く。その前に座った女性に見覚えがあった。

品のいいネイビーのワンピースとパールのネックレス。少年のように短く切った髪と横顔を見てはっとした。佐々木さんの奥さんだ。

見つからないように思わず、顔を伏せてしまう。

「真澄、どうしたの？」

嗣美に尋ねられて、わたしは笑った。

「ううん、なんでもない」

わたしも散歩に行くときは、ジーパンやスウェットなど動きやすい格好をしているが、今日はワンピースなどを着て、髪も巻いている。気づかれなければいいのだが。

佐々木さんは、晴れやかな顔で男性と話をしていた。

男女がふたりで食事をしていたから、即不倫と決めつけるわけではないが、なんというか、あまりにお似合いなのだ。正直、あの年上の夫よりずっと。

男性も感じのいい笑顔で、彼女に話しかけているし、彼女もとても楽しげだ。

会話はわたしの席まで届かないが、ふたりが楽しそうにしていることだけは伝わってくる。

まるでつきあい始めのカップルのようだ。

わたしはその考えを、頭の隅っこにぎゅうぎゅうと押し込んだ。

仕事関係者かもしれないし、もしかしたら、兄妹かもしれない。ただの友達だとしてもおかしくはない。

こちらのテーブルの会話は耳を素通りし、つい、斜め前のテーブルばかりを見てしまう。彼らは料理と飲み物を注文した。しばらくしてソムリエが持ってきたのは、ロゼのシャンパンだった。

息を吞んだ。どう考えても、兄妹や仕事関係者とロゼのシャンパンは飲まないだろう。ロゼのシャンパンを頼んで不自然でないのは、恋人だけだ。

心臓がどきどきした。わたしは不倫の現場を目撃してしまったのだろうか。

なるべく目をそらすようにしているが、自然に目がいってしまう。

ふたりはくすくすと顔を近づけて笑い合っている。こっちまで顔が赤くなる。

なんとなく、シャルロットとハリスがじゃれているところを思い出した。

食事を終えると、ふたりは早々にテーブルを立った。気づかれないように、顔を伏せてスマートフォンをチェックするふりをする。

次に顔を上げたときは、ふたりの姿はなかった。ほっと息をつく。

秘密を抱えるのは苦手だ。知りたくもないのに知ってしまって、話したいという誘惑に晒《さら》されるくらいなら、はじめからなにも知らない方がいい。


ひさしぶりに同級生と会ったのだから、タクシーで帰宅してもいいかとぼんやり思っていたが、そんなことがあったせいで、あまり気持ちが盛り上がらなかった。

これからバーでまだ飲むという葵たちと別れて、ひとり終電に乗る。

駅から自宅までは十五分ほど。タクシーに乗ることも考えたが、乗り場には行列ができていた。あきらめて歩くことにする。

家までの道は、街灯が明るく、道沿いに住宅が並んでいる。不安になるような寂しい道ではない。

早足で歩いていると、ふいに犬が鼻を鳴らすような音が聞こえた。

シャルロットと暮らしているせいか、犬の声には敏感になっている。思わず足を止めて、まわりを見回した。

くん、くんと悲しげな声がする。

「どうしたの？　どこにいるの？」

近くの庭や家から聞こえてくるのではない。あきらかに声が近い。

わたしは植え込みをのぞき込んだ。ふたつの目が光っている。

よく見ると、植え込みの中に柴犬が身体を縮めるように座っていた。わたしは優しい声を出した。

「大丈夫。怖くないよ」

迷子になったのかもしれない。このままにしていて、道路に飛び出して車に轢《ひ》かれたら大変だ。

「おいで」

優しい声で呼びかけるが、柴犬は動こうとしない。

わたしは、浩輔に電話をかけた。風呂に入っているかもしれないと思ったが、彼はすぐに電話に出た。

「どうしたの？」

「今、駅から家に向かってるんだけど、迷子の柴犬がいるの。保護しなきゃ」

浩輔はすぐに理解したようだった。

「じゃあ、車で行く。どのあたりにいる？」

「セブンイレブンの手前。ほら、角に薬局がある……」

「わかった」

「リードも持ってきてくれる？　シャルロットのでいいから。あと犬のおやつと」

柴犬は首輪をしている。リードとつなげることができれば植え込みから引っ張り出せる。

電話を切って、もう一度柴犬に呼びかける。

「おいで。お家を見つけてあげる」

手を伸ばすと、柴犬は手の匂いをふんふんと嗅いだ。警戒心を解いたのか、ゆっくりと出てきた。

ほっとする。迷子札はしていないが、首輪にはなにか文字が書いてある。

スマホの明かりで照らしてみる。

そこには「ササキハナコ」と書かれていた。


浩輔がくるまでに十分くらいかかっただろうか。

ハナちゃんはわたしに近づきはするが、触ろうとすると身体を縮めて距離を取る。完全に警戒されて、逃げられたら大変だから、無理には触らない。

なるべく優しい声で話しかけながら、ハナちゃんのそばにかがんでいると、うちのミニバンがコンビニの駐車場に入るのが見えた。

リードと袋を持った浩輔が降りて、こちらにくる。わたしは手を振った。

ハナちゃんは、浩輔に驚いたのか、また茂みの中に隠れてしまった。浩輔は、ポケットからおやつを出す。

持ってきたのは犬用のレバーソーセージだ。シャルロットが、シャンプーや耳掃除などをした後にあげる、特別なおやつ。浩輔が包装紙を剝くと、ハナちゃんの鼻がふんふんとうごめきはじめた。

手近にあるクッキーではなく、冷蔵庫からこれを持ってくるとは頼もしい。わたしはそれをちぎって、ハナちゃんに差し出した。

ハナちゃんはゆっくりとまた近づいてきた。掌にのったレバーソーセージをぱくりと食べる。黒い目がまんまるになり、舌がぺろりと出た。おいしい顔だ。

少しずつ食べさせているうちに、浩輔が首輪にリードを繋いだ。

半分食べさせたところで、ソーセージで誘導しながら歩かせて、車に乗せた。

ハナちゃんは車に乗るとき、少し怯えたが、それでもソーセージの魅力には勝てなかったようだ。わたしが後部座席の奥に座って、ソーセージを見せると、意を決して乗り込んできた。そこで浩輔がドアを閉める。

浩輔は運転席に戻って、車を動かした。ハナちゃんは不安そうにひんひんと鳴いた。

「大丈夫よ。すぐにお家に帰れるわよ」

そう話しかけると、浩輔がバックミラーをのぞいて言った。

「迷子札ついてる？」

「迷子札はついてないけど、カラーに名前が書いてあったわ。佐々木さんのところのハナちゃんよ」

我が家までは歩いても十分くらいの距離だから、車はすぐに到着した。車が駐車スペースに停まるのを待って、後部ドアを開けた。

リードを引くと、ハナちゃんは大人しく降りた。それでもしっぽは下がっているし、顔は不安そうだ。

家のドアを開けると、シャルロットが迎えに出てきた。ハナちゃんを見て、不思議そうな顔になる。

「シャルロット、ハナちゃんは迷子になっちゃったの。一晩だけだから、仲良くしてあげてね」

そう話しかけると、シャルロットは首を傾げて聞いていた。納得したのか、ハナちゃんの匂いを嗅ごうとしたが、低く唸《うな》られて、すぐに離れた。

シャルロットは、吠える犬や唸る犬が嫌いだ。ドッグランではすたこらさっさと逃げてしまう。あまりにしつこく追い掛けられると、ガウッと吠え返すこともあるが、ハナちゃんはシャルロットが離れてしまうと、それ以上怒らなかった。

どうやら、喧嘩になるようなことはなさそうだ。縄張りに侵入されるシャルロットは災難だが、今日はもう遅い。佐々木さんの家を知っている人がいるかもしれないが、十一時半近くに、人の家を訪ねるわけにはいかない。佐々木さんの家に連絡するのは、明日の朝になるだろう。

少し怒っているのか、シャルロットは自分のケージの中に入ってしまった。ハナちゃんをシャルロットのケージに入れようと思っていたのに、当てが外れた。

「寝てる間、どうしよう」

浩輔に相談すると、彼も腕を組んで考え込んだ。

見た感じ、シャルロットとハナちゃんはお互いを避けているが、それでも完全に目を離してしまうのは不安だ。できれば、部屋を分けたい。

「二階の寝室にハナちゃんを連れて上がればいいんじゃないか？」

寝室にはシャルロットは入ってはいけないことになっている。

「でも、シャルロットがショックを受けるかもしれない」

自分が入ってはいけない場所に、よその犬が入っているのを見るのは複雑ではないだろうか。

「縄張りにハナちゃんがいるよりはいいんじゃないか」

「シャルロットを上に連れて上がって、ハナちゃんをケージに入れるのは？」

「一度、寝室に入れて、次から駄目というのも難しいだろう」

言われてみれば、たしかにそうだ。わたしと浩輔はまだ子供をあきらめていない。子供ができてから、いきなり寝室を立ち入り禁止にするのも、シャルロットが混乱するだろう。

結論が出ないまま、ハナちゃんに水とドッグフードをやる。ハナちゃんは水は飲んだが、ドッグフードには口をつけなかった。

おいしいレバーソーセージは食べるのだから、たぶん少し警戒しているだけだろう。

「佐々木さんの連絡先知ってる？」

浩輔に聞かれて、わたしは首を横に振った。

「知らないわ。でも公園の犬仲間なら知ってる人がいるかも……」

電話番号は知らなくても、家は知っている人がいるだろう。

ふいに、さきほどのホテルのレストランでのことを思い出す。佐々木さんの奥さんは、男性と楽しげに食事をしていた。まだ帰っていないという可能性もある。

佐々木さんをレストランで見かけたという話を、浩輔にしようかどうか悩んで、結局言うのはやめた。

ロゼのシャンパンを飲んでいたなどと言っても、あまりそういうことに興味がない浩輔にはぴんとこないだろうし、なにより、知りたくもない秘密を抱えるのはわたしだけで充分だ。

わたしたちは、今日一日だけだからとハナちゃんを二階に連れて上がることにした。

「シャルロット、お休み」

声をかけると、シャルロットはケージから出てきて、わたしたちを切なげに見上げた。その頭を撫でてから言う。

「大丈夫、わたしたちの可愛い娘はシャルロットだけよ」

シャルロットはじっとわたしたちを見ていたが、ハナちゃんを連れて二階に上がろうとすると、かすかに鼻を鳴らした。

いつもなら、お休みを言ったあとに、こんな寂しそうな様子は見せない。少し胸が痛んだ。

ハナちゃんは、大人しくわたしたちについて上がり、寝室に入った。しばらく寝室をうろうろしていたが、タオルを敷いてやると、匂いを嗅いでその上に座った。

たぶん、ハナちゃんも疲れていたのだろう。寝る支度を終えて、ベッドに入る前にもう一度ハナちゃんを見ると、目を閉じて眠っていた。


翌朝、わたしは公園で会う犬友達何人かにメールを打った。

佐々木さんの電話番号を知っている人はいなかったが、河内さんが家を知っていた。

「国道沿いの、一階がクリーニング屋さんのマンションです。部屋番号は知らないけど」

部屋番号まではわからなくても、マンションさえわかれば、郵便受けの名前を見るか、管理人さんに話を聞けばいい。

ハナちゃんとシャルロットは、喧嘩こそしないが、やはりお互いに距離をとって近づかないようにしている。

「マンションがわかったから、連れて行くわ」

たぶん佐々木さん夫婦は心配しているだろう。もしシャルロットがいなくなったら、わたしなら一睡もできないはずだ。

「ぼくも行くよ」

浩輔が立ち上がると、シャルロットは浩輔のあとをついて回った。無理もない。ふたりが揃って出かけるときは、だいたい散歩かドッグランだ。

着替えて、まだ不安そうな顔をしているハナちゃんにリードをつける。もう近づいても逃げることはないが、まだ目は泳いでいる。

ハナちゃんを連れて出て行こうとすると、シャルロットがいきなり一声吠えた。

普段なら、警戒をするべきことが起きなければほとんど吠えない子だ。なのに、「腹に据えかねる」というような鳴き声だった。

「こら、シャルロット」

軽めに浩輔が叱ると、今度は鼻を鳴らす。叱られたことに不満を訴えている。

わたしはシャルロットのそばにしゃがんで、胸を撫でてやった。

「散歩に行くのに、シャルロットを置いていくんじゃないのよ。これから、ハナちゃんをお家に送り届けるの。帰ったら一緒に散歩に行こうね」

シャルロットを連れて行ってもいいが、ハナちゃんとシャルロットはまだお互いを警戒している。一緒に連れて行くのは気を遣う。

シャルロットは、ふんと鼻から息を吐くと、自分のケージに戻った。納得はしたようだが、機嫌はよくない。帰ったら可愛がってあげなくてはならない。

ハナちゃんのマンションまでは歩いて十分くらいだろうか。同じ公園を散歩コースに使っているから、たぶん近くだとは思っていた。

ハナちゃんはおずおずと歩いていた。不安そうにあたりを見回したり、わたしの顔を見上げたりする。

家が近づいてきても、それは変わらなかった。

マーキングをしないのは女の子だからだろうが、匂いも嗅ごうとしない。知らない人にリードを引かれて緊張しているのだろうか。

マンションに到着すると、わたしは浩輔にハナちゃんをまかせて、郵便受けをチェックした。「佐々木」という名前は、512号室にあった。

管理人さんに声をかけようと思ったが、日曜日はお休みらしい。

わたしは、インターフォンの前に立って512号室を呼び出した。留守であることを心配していたが、女性の声が聞こえた。

「はい」

「あの、すみません。近所の者なのですが、そちらのハナちゃんを保護したのでお届けにきました」

「は?」

声があきらかに戸惑っている。

「えーと……なんのことでしょうか……」

わたしと浩輔は顔を見合わせた。

「あの……そちらのハナちゃん、迷子になってませんか?」

「いえ、今、わたしの足下にいますけれど」

大失敗だ。佐々木という名字とハナコという名前、そして柴犬であることからここのハナちゃんだとばかり思っていた。

「すみません。ササキハナコと首輪に書かれた柴犬を保護したんで、こちらのハナちゃんだとばかり……」

「えっ、そうなんですか？　ハナちゃんという柴犬、他にもいるのかな」

佐々木さんの声も驚いている。

「ごめんなさい。せっかく連れてきてくれたのに。でも、うちのハナコはちゃんといます」

勘違いで騒がせてしまった。わたしはカメラに向かってぺこぺこと頭を下げた。

「本当にすみません。日曜の朝から」

「いいえ、その子の飼い主、見つかるといいですね」

そう言って、インターフォンは切られた。

動揺のあまり、顔が真っ赤になってしまった。わたしは頰を両手で押さえた。

「うわあ、恥ずかしい。勘違いしちゃったわ」

「姓だけでなく、犬の名前も犬種も同じだから、仕方ないよ」

足下のハナちゃんは心配そうな顔でわたしを見上げた。

たしかにマンションにきたのに、ハナちゃんの表情は不安げなままだ。迷子の犬は、きっと自宅が近づけば喜ぶだろう。言われてみれば、佐々木も珍しい姓ではないし、ハナコはメスの柴犬の名前としてもよくありそうだ。ふたつがかぶることは珍しいが、決してありえない話ではない。

わたしたちはあらためて、ササキハナコ嬢の首輪を調べた。やはり、首輪に名前が書かれているだけで、連絡先はない。

すぐに終わると思っていたが、これは本気で飼い主捜しをしなければならない。

ふいに、彼女の目が輝いた。しっぽがぶんぶんと振られる。

「どうしたの？」

彼女の目がエントランスの外側に向けられていた。

誰かいるのだろうか。立ち上がって、エントランスから出ると、足早に立ち去っていく男性の後ろ姿が見えた。

その背中は佐々木さんのご主人に少し似ていた。

ササキハナコ嬢を連れて家に帰ると、シャルロットはあきらかに不機嫌な様子で出迎えた。

　玄関までは出てきたものの、棒立ちでしっぽを振ろうともしない。いつもならわたしたちの足下にまとわりついて躍るように飛び跳ねるのに、少し距離を置いてわたしたちを見ている。

　リビングに行くと、シャルロットお気に入りのサルのぬいぐるみが、無残に引きちぎられて、綿が出た状態になっていた。シャルロットのおもちゃなのだから壊してもいいのだが、よっぽど鬱憤《うっぷん》が溜まっているようだ。

　機嫌を取るために犬用の牛皮ガムを差し出すと、くわえて自分のケージまで持っていって噛み始めた。

　シャルロットのこともかまってやりたいが、なにより目の前にある問題はハナちゃんのことだ。

　すぐにお家が見つかると思って油断していたが、もしかすると長期戦になるかもしれない。

　浩輔が近所の交番に電話して、迷子犬を保護しているという話をした。警察に連れて行くと短い期間で保健所行きになってしまうから、連絡だけして、彼女はうちで預かることにする。次に近くの動物病院にも電話してみたが、迷子の柴犬を探しているという相談はないという。

今日は日曜日だから、保健所は開いていない。明日電話をして聞いてみることにする。

「あとは、インターネットとかかなあ……」

検索してみると、迷子犬探しの掲示板が見つかったので、ハナちゃんの写真を撮って、保護していることを書き込む。そのあと、探している人がいないか検索してみたが、うちの近くで柴犬の迷子はないようだった。

「もしかすると、新しい飼い主を探さないといけないかもなあ」

浩輔がそうつぶやく。たしかにこのまま、飼い主が見つからなければ、誰か飼ってくれる人を探さなければならない。

我が家で飼うこともできないわけではないが、シャルロットとハナコ嬢はあまり相性がよくないようだ。シャルロットは大人しいし、喧嘩になるようなことはなさそうだが、それでも二頭ともにストレスを与えてしまうのはいいことではない。

ハナコ嬢は、まだ不安そうな顔で、それでも窓際の日当たりのいい場所に寝そべっている。そこはシャルロットのお気に入りの場所でもあるのだが、シャルロットはケージに引っ込んでしまって、出てこない。

他にやることと言えば、写真付きのビラを作って、動物病院や掲示板などに貼り出すことくらいだろうか。

浩輔はSNSを使って、情報収集をしている。

シャルロットはどうしているのだろうと、ケージをうかがうと、黒いお尻が見えた。普段なら、わたしたちがリビングにいるときは、ケージに入っていてもこちらを見ている。お尻を向けているなんて初めて見た。

わたしは浩輔の背中を肘《ひじ》でつついた。「ん?」とこっちを見る浩輔に言う。

「お昼を食べたら、ドッグランに行かない?」

わたしがシャルロットのお尻を指さすと、浩輔も理解したようだった。

シャルロットはお尻を向けながら、耳を後ろに倒して、わたしたちの会話を聞いている。普段なら、ドッグランなどということばを聞くと飛び出してくるのに、しっぽすら動かさない。

浩輔は大きくのびをして、シャルロットに聞こえるように言った。

「そうだな。飯食ったら、散歩に行くか」

シャルロットはそっぽを向いたまま、耳をぷるぷると震わせた。

浩輔の作ったナポリタンで昼食を済ませてから、散歩の準備をする。

問題は、ハナコ嬢だ。家で留守番をさせても大丈夫だろうか。

シャルロットにリードをつけていると、ハナコ嬢がわたしのそばにきた。目が不安そうに揺れている。

「やっぱり、一匹にされるのは不安なのかな」

わたしたちのことをまだ信用していないとしても、ひとりぼっちは心細いのだろう。

「じゃあ、連れて行くか。シャルロットだってそのうち慣れるだろう」

もともと、他の犬を受け入れないタイプではない。

予備のリードを持ってきて、ハナコ嬢につける。ぶんぶん揺れていたシャルロットのしっぽが止まった。

浩輔がシャルロットのリードを持ち、わたしがハナコ嬢のリードを持って、ふたりと二頭で外に出る。浩輔に連れられて前を歩きながら、シャルロットは何度もわたしの方を振り返った。

散歩を楽しんでいるときの、ご機嫌な顔ではない。「なんでその子を連れてるの?」とでも言いたげな、僻《ひが》みっぽい顔だ。

シャルロットがこんなにヤキモチ焼きだとは知らなかった。普段、公園などで他の子をかまっているときには、あまり気にしない。

ドッグランが近づくと、シャルロットのしっぽが激しく揺れはじめた。足取りも軽くなる。

大型犬用のスペースで走っているのは、ハリスだろうか。ベンチには村上さんの姿もある。

「こんにちは」

中に入ると、ハリスはまっさきにシャルロットに駆け寄ってきた。お互い匂いを嗅ぎ合って挨拶をする。

村上さんはハナコ嬢を見て、驚いた顔になった。

「どうしたんですか？　その子」

「迷子なのよ。昨日の夜、保護したの」

村上さんはしゃがみ込んで、彼女に手を伸ばした。彼女は匂いだけ嗅いで、わたしの後ろに隠れた。やはり、知らない人はあまり好きではないようだ。

ハリスが、シャルロットから離れて、ハナコ嬢の匂いをくんくんと嗅ぐ。ハナコ嬢は離れようとしたが、ハリスはかまわずつきまとった。

「こら、ハリス」

村上さんが叱ったが、ハリスは聞かない。ハナコ嬢も吠えて追い払おうとまではしない。

シャルロットが一声吠えた。「あそぼうよ！」とハリスを誘っているのだろう。だが、ハリスはハナコ嬢に夢中で、シャルロットの方を見ようとはしない。

「発情期《ヒート》が近いのかな」

浩輔がハナコ嬢のお尻をのぞき込んで、そうつぶやいた。ヒートが近ければ、雄犬はその匂いに夢中になってしまう。避妊済みのシャルロットは太刀打ちできない。

「終わった後かもしれませんね。二週間くらいは匂いが続きますし」

村上さんの言う通り、その可能性もある。

その後も、ハリスはずっとハナコ嬢の後ばかりをついてまわっていた。シャルロットがどんなに遊びに誘っても、知らん顔だった。

可哀想に、シャルロットはすっかりしょげてしまった。わたしが投げたボールを持ってこようともせず、がじがじと噛んでいる。

もしかして今日はシャルロットにとって、厄日《やくび》かもしれない。

ドッグランの帰り道、今日のビールがないので酒屋に寄ることにした。浩輔が店に入っている間、わたしが二頭のリードを持って店の前で待つ。

シャルロットとハナコ嬢はお互いそっぽを向いて、並んで立っている。一緒にリードを持っていても喧嘩になることはないが、それは互いに無視しているからだ。シャルロットが匂いを嗅ごうとすると、ハナコ嬢は怒る。

見ている限り、決して相性がいいとは思えない。

早めにお家を見つけてあげなければ、シャルロットも可哀想だ。ハナコ嬢だってお家に帰りたいだろう。

「シャルロット」

声をかけると、シャルロットは座ってわたしを見上げる。ちょっとうれしそうな顔になり、しっぽがぱたぱたと揺れる。だが、その顔はいつもの満面の笑みではない。瞳が少し悲しげだ。

――どうしていつもと同じじゃないの？　この子がずっと一緒にいるの？

その目はそう言っていて、胸が痛くなる。

「ごめんね。早くハナちゃんのお家を見つけてあげるからね」

ハナコ嬢はそっぽを向いたままだ。

ふいに気づいた。普通、犬は名前を呼ばれるとこちらを向いたり、しっぽを振ったり、なんらかの反応を示す。だが、彼女は会話の中に、「ハナちゃん」ということばがでてきても、知らん顔だ。

試しに呼んでみる。

「ハナコ」

シャルロットがしっぽをぱたぱたと振ったが、彼女は背を向けたままだ。

不思議に思った。首輪に書いてあるのだから、名前が違うということはないだろう。それとも、首輪が他の犬のお下がりだったりするのだろうか。

はーちゃんとか、はっちゃんとか、思いつくあだ名を言ってみたが、毎回顔を見るのはシャルロットだけだ。シャルロットは、単にわたしの口から出た呼びかけに反応しているだけだ。

もしかして、名前を呼ばれて可愛がられるようなことが少なかったのかもしれない。そう思うと、切なくなる。

浩輔は遅い。この酒屋の主人は、彼の幼なじみで中学の同級生だから、話し込んでいるのかもしれない。

通りの向こう側から、柴犬を連れた人が信号を渡ってくる。わたしは、念のためハナコ嬢のリードを短く持った。おすわりをしているシャルロットは心配ない。

近づいてきた人を見て、わたしははっとした。

佐々木さんの奥さんだ。昨日、レストランで見かけたようなエレガントなファッションではなく、Tシャツにチノパンという格好だが、それでも洗練されていて似合っている。

彼女はわたしを見て、笑顔になった。

「こんにちは。今朝はどうも」

オートロックのインターフォンならカメラがある。わたしの顔も見られていたはずだ。

わたしはぺこりとお辞儀をした。

「本当にお騒がせしました」

「その子がそうですか？　同姓同名だとやっぱり気になって」

佐々木さんの連れている方のハナちゃんは警戒しつつも大人しくしている。

「ほら、首輪に名前が書いてあるんです」

かがみ込んで、首輪を見た佐々木さんの表情が変わった。

「この首輪……」

「どうしたんですか？」

「うちの花子が、前に使ってたものです。新しいのを買って古くなったから使わなくなってたものなんですけど……」

「えっ」

単なる同姓同名ではないのだろうか。

「捨てたのを誰かが拾ったのかしら」

「捨てた覚えもないんですよね。もし、今使ってるのが壊れたりしたら、そのときは代わりに使おうと、予備に置いておいたはず」

たしかにうちもそうする。首輪とリードがないと、散歩にも行けず、病院に連れて行くこともできないから、なくしたり壊したりしたときのために予備が必要だ。

「ご家族が誰かにあげてしまったとか？」

そう言うと、彼女は小さく頷いた。

「そういう可能性はないわけではないけど……でも、名前を書いてあるのに、人にあげるなんて」

気がつけば、浩輔が買い物を済ませて後ろに立っていた。わたしは佐々木さんの奥さんを紹介した。

「ご家族に聞いてみたらいかがですか？」

そう言うと、佐々木さんは急に困ったような顔になった。

「どうかされたんですか？」

「実は……夫とはもう同居していないんです」

「えっ！」

思わず声を出してしまう。

「お恥ずかしいんですけど……」

恥ずかしいと言うからには、単身赴任とか仕事のための一時的な別居ではないようだ。それほど親しい人ではないのに、こちらからくわしく聞くことはできない。だが、たぶん、この先離婚に至るか、もしくはもう離婚したかのどちらかだ。

「もう連絡も取っていませんし、向こうからも連絡はありませんから、彼には聞けないんです。でも、たぶん彼が持ち出したんでしょうね。捨てたにしろ、あげたにしろ」

「そうですか」

もう連絡をしていないということは、離婚したのだろう。

だとすれば、昨日、彼女が別の男性とデートしていても別に問題はなかったのだ。秘密を見てしまったわけではなかったことにほっとする。

彼女の元夫から話を聞けば、この子の家がわかるのではないかという希望もあるが、だが彼女が連絡を取らないと言っているのに、話を聞いてくれと頼むわけにはいかない。

離婚に至るまで、どんなトラブルがあったかも知らない。

DVや、モラルハラスメントなどがあれば、顔を見るのも我慢できないという場合もあるし、彼の方が彼女に悪感情を抱いている可能性もある。

「すみません。お役に立てなくて」

「いえいえ。たぶんなんとかなると思います。明日、保健所や少し遠い動物病院にも連絡を取ってみます」

「お家が見つかるといいね」

ハナコ嬢にそう語りかけると、彼女はわたしたちにお辞儀をして立ち去った。それを浩輔と一緒に見送る。

「そっか……別居してたんだ」

思わず独り言をいうと、浩輔がわたしを見た。

「よく知ってる人？」

そういえば、浩輔と一緒のときに、彼女に会ったのははじめてだ。

「ほら、前に公園でシャルロットやハリスに勝手におやつをやった男性いたでしょ、柴犬を連れた。あの人の奥さん」

正確に言うと、元奥さんだ。

「へえ、そうなんだ。じゃあ、別居したというのは、あの人のことか」

たぶんそうだろう。

「よかった……」

ためいき交じりにそう言うと、浩輔は驚いた顔になった。

「なにが？」

「昨日、レストランで奥さんを見かけたの。あきらかにデートみたいな雰囲気だった。おしゃれして、ロゼのシャンパン飲んでたし。不倫の現場を見ちゃったと思って、緊張したんだけど、違ったみたい」

「ふうん……」

彼はちょっと不満そうな顔をしている。

「別居したばかりでデートしてるってことは、彼女の浮気が別居の原因なのかな」

「そんなのわからないでしょ」

浩輔がそんなふうに他人を詮索するのは珍しい。

「もう会わないって言ってるんだから、離婚が成立してると思うし、だとすれば彼女の自由よ」

「それはそうだけど、ちょっと気になるんだよな」

「なにが気になるの？　たしかに、この子の首輪が、彼女のものだったというのは変だけど」

浩輔は目を見開いた。その話は聞いていなかったようだ。

「なんだよ、それ」

「わかんない。だから、離婚した夫が誰かにあげたんじゃないかって話してたんだけど」

ハナコ嬢は、彼女にはなんの反応もしなかったから、知らないのは嘘ではないはずだ。

「変な話だなあ」

たしかにそうだ。いったいこの子は、どこからきて、なぜ佐々木さんの首輪をしていたのだろう。

考えたところで答えは出ない。


その週は、ハナコ嬢の飼い主捜しに奔走《ほんそう》した。

保健所に連絡し、あちこちの動物病院やペットショップに張り紙を貼《は》ってもらい、インターネットの掲示板やＳＮＳで情報を募集した。

問い合わせも二件ほどあったが、くわしい話を聞いてみるとうちにいるハナコ嬢とは違った。

唯一の救いと言えば、近所の中路《なかじ》さんが興味を示してくれたことだ。

中路さんは一軒家にひとりで住む六十代の女性で、先日、愛犬を亡くしたばかりだった。

「犬がいると生活に張りが出るけど、今から子犬を飼うのは大変でしょ。十八歳くらいまで長生きしてしまったらと思うと、最期まで面倒見られるかどうかも心配だし」

ハナコ嬢は動物病院での検査で、六歳くらいだということがわかった。やはり避妊手術もしていない。避妊手術はした方がいいだろうが、大人しい子だし、飼うのは難しくないはずだ。中路さんは、前に飼っていた柴犬のゴンを大事にしていたから、柴犬のこともわかっている。

元のお家がわからなければ、中路さんに引き取ってもらうことになってもよいが、飼い主を捜すこともあきらめるわけにはいかない。

中路さんに引き渡して情が移ってから、飼い主が現れたら、中路さんに申し訳ない。

シャルロットとハナコ嬢は、相変わらず微妙な距離を取ったままだ。だが、二頭で留守番させておいても、喧嘩をしないということだけはわかった。

ハナコ嬢を保護してから、ちょうど一週間経った土曜日、天気がよかったので、また二頭を連れてドッグランに行くことにした。

ドッグランに到着すると、ハリスが駆け寄ってくる。だが、目的はシャルロットでなくてハナコ嬢だ。

どうやら、手術をしていないせいもあり、ハナコ嬢は雄犬にモテるようだ。シェルティの若い雄もハナコ嬢のお尻を追い掛けている。

シャルロットは、鬱憤を晴らすようにドッグランを駆け回った。

「ごめんなさい。ハリスは女の子が大好きだから……」

村上さんが困ったような顔でシャルロットの方を見る。

「大丈夫よ。気にしないで」

去勢はしていても、雌犬の匂いに惹《ひ》かれる雄犬は多い。犬世界でハナコ嬢はさしずめ色っぽい熟女のようなものなのだろう。

シャルロットは、浩輔の投げるボールを夢中で追い掛けている。ハリスのことは気にしないことにしたようだ。こんなふうに切り替えが早いところは、飼い主として助かる。

視線を動かすと、ドッグランの入り口に柴犬を連れた人がいるのが見えた。

顔を見てはっとする。佐々木さんの元旦那さんだ。柴犬を連れて、中に入ろうとしている。

ふいにハリスがそっちに向かって走り出した。いきなり激しく吠える。

村上さんはあわててハリスを追い掛けた。

「こら、ハリス！」

首輪を押さえつけて、頭を下げる。

「すみません。いつもはこんなことはないんですけど」

ハリスはまだ吠えている。佐々木さんの連れている柴犬も身体を低くして唸っている。

このままでは喧嘩になってしまうかもしれない。

シャルロットはボールを嚙みながらきょとんとした顔をしている。

ふいに気づいた。今ならば、ハナコ嬢の首輪のことが聞けるかもしれない。

わたしは、ハナコ嬢のリードを持ったまま走り出した。

柴犬を押さえている佐々木さんに走りながら声をかける。

「あの、すみません」

佐々木さんはわたしを見て目を見開いた。

「この子のこと知りませんか？」

ハナコ嬢を佐々木さんの前に引き出す。

驚いたことに、ハナコ嬢の表情が変わった。尻尾をぶんぶんと振って、目を輝かせる。

あきらかに佐々木さんのことを知っている様子だった。

佐々木さんが息を呑む。表情をこわばらせて、ハナコ嬢から目をそらす。はっとした。ハナコ嬢は、佐々木さんの家から持ち出された首輪をしている。そして佐々木さんのことを知っている。

ハナコ嬢がこれまで、こんなに親しみを見せた人はいない。

佐々木さんは、押し殺したような声で言った。

「こんな犬は知らない。今はそれどころじゃない」

たしかに、佐々木さんが連れている柴犬とハリスが激しく吠え合っている。佐々木さんは、柴犬を引きずって、ドッグランから出た。

まだ二頭とも吠え合ってはいるが、フェンスの内と外に別れてしまえば問題はない。

わたしもハナコ嬢を連れたまま、佐々木さんを追ってドッグランを出る。

「あの……佐々木さん、この子」

佐々木さんはわたしをにらみつけた。

「知らん！　なんだおまえは。失礼な！」

大声でそう怒鳴りつける。

失礼だと言われる覚えはない。わたしは「この子を知らないか」と聞いただけだ。

ハナコ嬢は怯えたような顔で、佐々木さんを見上げている。好きな人が豹変《ひょうへん》してしまった、というような顔だ。

「あの、ハナコちゃんが……」

「ハナコはこの子だ！　その犬じゃない」

佐々木さんはリードを強く引いて、まだ吠えている柴犬を指さした。そして、そのまま背を向けて歩き出した。

ハナコ嬢は切なげな声で鳴いたが、佐々木さんは振り返ろうとはしなかった。

気がつけば、後ろに村上さんが立っている。

「変ですよね」

「え？」

「あの人、連れてる柴犬がハナコだって言いましたけど、前に連れていたハナコちゃんと違う。別の犬です」

村上さんは眉を寄せてわたしを見た。

「わかるの？」

「わかります。ハリスは男の子にしか吠えません。このあいだ連れていたのはこの子に似ている女の子でした。でも今日は男の子だった」

雄犬なのに、ハナコという名前をつけるのも不思議だ。もちろん、そう名付けるのは個人の自由だが、佐々木さんの家には雌のハナコがいる。そして、今、わたしの足下にいる子のこともある。この子は佐々木さんのことを知っている。

浩輔がわたしの肩をつかんで言った。

「佐々木さんの奥さんに会いに行こう」

正しくは奥さんではなく、元奥さんだ。

シャルロットとハナコ嬢を自宅に連れて帰ってから、佐々木さんのマンションを訪ねた。

インターフォンを押すと、彼女の声が聞こえた。ちょうど在宅だったようだ。浩輔が話す。

「いきなりすみません。少し込み入った話があります。どこかでお話しできませんか？」

彼女は驚いたようだが、オートロックを解除してくれた。

同じ犬好きだから、警戒をせずに家に入れてくれるのか。それとも、先日ハナコ嬢と会ったことでなにかを感じていたのかもしれない。

エレベーターを降りると、彼女は部屋のドアを開けて待っていてくれた。

「すみません。急に押しかけて」

「いえ、なにかあったんですよね」

足下にはハナちゃんがいる。キツネに似た可愛い柴犬。うちにいるハナコ嬢にそっくりだ。

浩輔は、表札を見た。

「まだ佐々木さんのままなんですね」

彼女は少し戸惑ったが頷いた。

「ええ、わたし、若くに結婚したので、ずっと佐々木で仕事してきましたし……。それに姓が変わって、取引先にまで離婚したという事実を知られることになるのも嫌なので、佐々木のままでいることにしました」

少し失礼な質問だったと思ったのに、彼女は気を悪くせず、部屋に招き入れてくれた。

ハナちゃんは少し吠えたが、彼女が叱ると静かになった。

リビングのソファで、わたしたちは彼女と向き合った。わたしはまだ浩輔がなにを言うのか理解できていない。

「いろいろ立ち入ったことをお伺いしますが、理由はちゃんとお話しします。離婚されたんですよね。離婚届は出されましたか？」

彼女はきょとんとした顔になったが、すぐに頷いた。

「ええ、ちゃんと協議離婚をして、離婚届を出しました」

「役所にですか？」

「え、いえ、弁護士の方に渡して、きちんと役所に届けてもらうようにと」

「その弁護士は？　まさか旦那さんが連れてきたのではないですよね」

彼女の目が丸くなる。

「ええ、そうですけど……まさか」

「偽弁護士だった可能性もある。もしかしたら、離婚届は役所に届けられてないかもしれない」

彼のことばに、わたしも驚いた。

「まさか！　なぜ、そんなことを！」

「彼は離婚していないふりをしたがっている。飼い犬を散歩させ、近所で犬の話をする。似ている柴犬に、昔使っていた首輪をつけて連れ回している。体面を繕《つくろ》うためかもしれないけれど、これまで知り合いでなかった人たちにも声をかけたりしている。おかしいとは思いませんか？」

彼女は青ざめて、いても立ってもいられないかのように両手を握り合わせた。

「ちょうど、表札も郵便受けも佐々木のままだ。あなたはあまり、ぺらぺらとおしゃべりをするタイプではない。離婚届も出さず、近所の人たちには人当たりよく接して、犬を散歩させていたら、離婚したことを知る人は少なくなる。ご両親や親戚の方は？」

彼女は下を向いた。

「両親は十代のときに亡くしました。元夫は、従兄《いとこ》なんです。学費などをいろいろ援助してくれて……それで大学を卒業して間もなく結婚を」

「親戚には話しましたか？」

「元夫が上手く話しておいてくれると……伯父《おじ》や伯母《おば》はやはり彼の味方で、わたしが話すのは気が重かったですし」

つまり身内にも離婚の話は伝わっていない可能性もある。

「住民票は？　郵便物などは？」

彼女ははっとしたような顔になった。

「郵便物は、ときどき、彼のものが入っていました。引っ越したのだから早く住所を変更してほしいと言ったのですが、そのうち取りに行くから、と言っていて。事実、彼のものを郵便受けに残しておくと、そのうち自然になくなっていたものですから、あまり気にもとめず」

つまり、住所の変更さえしていないということだ。彼女がもし、離婚済みだと思っていたと言い張っても、それを信じる人はどれだけいるだろう。

彼女はソファに座り直して、拳《こぶし》を握りしめた。

「あの……でも、彼は、離婚を静かに受け入れてくれて……平和に話し合いもできましたし」

「それが罠だったらどうしますか」

浩輔のことばに、彼女は悲鳴のような声を上げた。

「なんのために！」

「あなたを陥れるためですよ」


若くて美しく、少し警戒心に欠ける妻。もし、離婚したということにして、彼女を油断させ、彼女に新しい恋人ができてから、証拠を集めて不貞として訴えれば、慰謝料を取ることもできる。

そこまでは無理でも、彼女を深く傷つけることができる。もしくはもう一度縛りつけることができるかもしれない。

彼女の手が小刻みに震えていた。

「どうすれば……」

「まずは戸籍を確認してください。きちんと離婚がされているか。そして、もう一度弁護士を立てて、彼と話し合いをしてください。離婚届が出されていないのなら、それがどういうことかときちんと彼を問い詰めてください。もし、不安なら、ぼくたちも証人になります」

わたしも何度も頷いた。

「ぼくの家にいる柴犬……あの子は元ご主人に、そのハナちゃんの身代わりとしてどこかから連れてこられたのでしょう。あの首輪のことも、あの子が元ご主人を知っていることも、それで説明がつく」

そして、なにかの拍子に脱走して、迷子になり、わたしと出会った。

あの子が脱走しなければ、彼の企みは誰にも気づかれなかったかもしれないのだ。

数日後、佐々木さんの奥さん——潤子《じゅんこ》さんという名前である——から電話がかかってきた。

やはり離婚届は提出されておらず、職場の顧問になっている弁護士と相談することになったという。

その後も、彼女と散歩の途中に会うたびに話を聞いている。彼は今度は離婚を承知していないが、これまでの浮気や暴力などの記録を元に、離婚協議は続いているという。もちろん、偽の弁護士を使って彼女を騙《だま》したことも犯罪だ。

偽のハナちゃんは、中路さんの家に引き取られた。早朝にいつも中路さんと楽しげに散歩に出かけている。

シャルロットと顔を合わせると、匂いを嗅ぎ合う程度には仲良くなった。

そして、シャルロットとハリスだが、ハリスがハナちゃんに浮気をしたことなどなかったかのように、これまで通りドッグランでは仲良く遊び、恋人のようにいちゃいちゃしている。

それを見ながら、わたしは小さくためいきをついた。

「どうして犬って、済んだことを水に流せるのかしら」

浩輔が笑った。

「たぶん、犬は嘘をつかないからさ」

シャルロットと猫の集会

もう何回目かわからないためいきをついて、寝返りを打つ。

隣では浩輔が、いびきまでかきながら深く寝入っている。蹴っ飛ばしてやりたいくらいうらやましい。

昨日も一昨日もよく眠れなかった。明け方、空が白んできてから、ちょっとうとうとしただけだ。シャルロットの散歩を浩輔に行ってもらって一時間余分に寝たが、それでも昼間眠くて仕方なかった。

なのに夜がきてベッドに入ったのに、今度は目が冴《さ》えてしまうのだ。

眠れなくなることは、これまでにもよくあった。子供の頃から寝付きが悪く、布団の中でずっと天井の模様を眺めていた記憶がある。

結婚してからもしばらくは睡眠導入剤を使っていた。シャルロットと暮らしはじめて、よく歩くおかげか、不眠からは遠ざかっていたが、ここにきてまた睡眠サイクルがおかしくなったようだ。

原因があるとしたら、職場でのストレスだ。同僚がひとり産休をとり、もうひとりが体調を崩して、わたしが担当する仕事が倍増した。毎日残業が続き、帰るのは十一時をまわってからだ。

早く帰れる浩輔が、毎日シャルロットの散歩に行き、夕食を作ったり、デパートの総菜を買って帰ったりしてくれている。おかげで家に帰ってから家事に追われることはないのだが、それにしたって疲労は蓄積していく。

来月になると、人員補充があるというが、仕事を覚えてもらうまでに、また時間がかかる。しばらくは忙しい日々が続きそうだ。

ただでさえ、毎日くたくたなのに、眠れなければよけいに疲労は蓄積する。

寝返りを打ちながら考えた。シャルロットと一緒に眠りたい、と。

日曜日にソファでシャルロットと寄り添っていると、すぐに眠くなってしまう。ジャーマンシェパードの黒い、ごわごわした毛並みを撫で、少し高い体温を感じていると、心から安らげる。

わたしは、ベッドを抜け出して、ガウンを羽織った。そのまま一階に降りる。

シャルロットは、ケージの中で真横を向き、四本の足を投げ出して眠っていた。時計を見ると、午前四時だ。もうすぐ夜が明けてしまう。

あまりに気持ちよさそうに寝ているので、起こすのが可哀想になる。わたしはキッチンに向かって、電子レンジでホットミルクを作った。

牛乳のいい匂いに気づいたのだろうか、シャルロットがのそりと起き上がった。わたしを見て、尻尾を振る。

マグカップを手にソファに座ると、シャルロットもわたしのそばまでやってきた。目がきらきらと輝いている。

（もう朝なの？　おさんぽにいくの？）

そういえば、真夏は朝五時に起きて、散歩に行っていた。みっしりとした毛皮のシャルロットは暑さに弱く、七時にもなると、もうハァハァと長い舌を出し始める。

どうせ眠れないのだから散歩に行ってもいいかもしれない。今日は金曜日だから、今日さえ切り抜ければ、明日明後日はゆっくり眠れる。

「じゃあ、お散歩に行こうか」

そう声に出して言うと、尻尾が大きく振られた。口が開いて笑っているような顔になる。

犬を飼うまでは、犬というものがこんなに表情豊かだなんて知らなかった。全身で表現する分、人間よりわかりやすいかもしれない。

服を着替えて、シャルロットにリードをつける。浩輔が目を覚ましたときのためにメモを残そうかと思ったが、シャルロットがいなければ散歩に行ったとわかるだろう。

まだ外は暗い。ひとりならば、こんな時間に出かけるのは少し怖いが、シャルロットが一緒ならば怖くはない。

ドアを開けると、早朝特有のひんやりとした空気を感じる。昼間や、まだ夜のうちとは別世界のようだ。

大通りを走る車さえまばらだ。少し気分が高揚して、冒険がしたいような気持ちになった。

いつものルートではなく、住宅街の中を歩く。

普段はあまり住宅街を散歩することはない。シャルロットは大きい犬だから、怖い人もいるはずだ。あえて、人を避けるわけではないが、公園や大通りなど、それなりに広いところを選ぶようにしている。狭い道や曲がり角でいきなり出会うと、驚く人も多い。

だが、この時間ならば、住宅街を通っても人と出くわすことは少ない。同じように犬を散歩させている人か、ランニングをしている人くらいだろう。

住宅街はまるで迷路みたいだと思う。

ひとついつもの道を外れると、まったく違う景色に出会う。家の醸《かも》し出す空気は、人の顔のように雄弁だ。

きれいに手入れされた庭、子供用の自転車、カーテンの色。どんな人たちが住むのだろうと、想像しながら歩くのは楽しい。

ふわふわとした気分で歩くうち、眠れなかった苛《いら》立《だ》ちはどこかに消えてしまっていた。帰って、少しベッドにもぐり込めば、短い時間でも深く眠れるような気がした。

角を曲がって、先に進む。

その道は、これまでも何度か通ったことがあった。通りの先に集会所があって、選挙のとき投票所になるのだ。

一年に一度か二度だけ通る道、自宅から十分も離れていないのに、少し新鮮だ。

その先に、古いアパートがあることは知っていた。外階段がある二階建ての昔ながらのアパートだが、修繕が行き届いているのか、寂れた印象はない。入り口には鉢植えがたくさん置いてあった。住人か、それとも大家さんが世話をしているのだろう。

二階のいちばん西の窓に明かりがついているのは、宵っ張りか、それとも早起きなのか。

アパートの角を曲がったとき、シャルロットがぴたりと足を止めた。どうしたの？と問いかけようとしてすぐに気づいた。

通りに光る目がたくさんあった。すべてがこちらを向いている。驚きのあまりしばらく動けなかった。それが十四ほどの猫たちであることに気づいたのは数秒後だ。

猫は唸っているのか、話しているのかよくわからない声を立てる。シャルロットが困ったような顔で、わたしを見上げた。

引き返してもいいが、また来た道を戻らなくてはならない。それよりもここをまっすぐ通った方が、大通りに出るから帰りが近い。

わたしは意を決して、足を進めた。シャルロットは少し迷ったが、大人しくわたしの横に付く。

猫たちは四方八方に散った。そう遠くへ行くわけではなく、塀に上ったり、溝の中に隠れて、わたしとシャルロットを凝視している。幸い、シャルロットに攻撃してくるような猫はいない。体格はシャルロットの方が何倍も大きいが、彼女は気が優しいし、なにより猫は爪を持っている。

なんとか、その路地を通り抜けようとしたとき、シャルロットが急に足を止めた。

「どうしたの？」

リードを引いて促しても、動かない。ひんひんと鼻を鳴らし始める。

猫たちが怖いのかもしれないと思ったが、ならば早く通り抜ける方を選ぶはずだ。この先には猫はいない。

シャルロットは、方向転換して猫たちの方に歩き始めた。わたしがリードを引いても止まらない。これまでなかったことだ。

シャルロットは、なにも植えられていないプランターの前で止まった。なにかを訴えるようにわたしを凝視する。

わたしは薄暗がりの中、プランターのまわりをじっと見た。その陰に光る目がある。

子猫だった。夜が変化したかのように真っ黒だ。

小さいのに、わたしとシャルロットに向かって、シャーシャーと怒っている。

シャルロットは、「ほらね」と言いたいような顔でわたしを見た。子猫の存在をわたしに知らせたかったのだろうか。

「駄目よ。家《うち》では飼えないから」

可愛らしいと思うが、こんな小さな子猫をどうやって世話していいのかわからない。

それに通りに猫がたくさんいるのだから、親猫だってきっといるだろう。

「さ、行きましょう」

リードを引っ張ると、シャルロットはようやくあきらめたようだった。

だが、路地を通り抜けても何度も後ろを振り返っている。

出産経験はないし、避妊手術もしているが、シャルロットは雌だから母性本能のようなものを感じたのかもしれない。

家に帰る道を急ぎながら考えた。

あの猫の集団はいったい、なんだったのだろう、と。

家に帰ると、浩輔はまだ眠っていた。

シャルロットの皿にドッグフードを入れてやると、吸い込むような勢いでがつがつと食べた。食べ終えるまでに一分もかからない。

もう一度ベッドに入ることも考えたが、今から寝てしまえば起きられない気がする。あきらめて朝食の支度をすることにした。時間があるからお弁当も作れる。

二人分の弁当を作り終え、朝食のスープを作りはじめた頃、浩輔が上から降りてきた。

「もう起きてるの？」

眠れなかったのだが、それを言うと心配するだろうから、ただ頷くだけにする。

「早く目が覚めたから、シャルロットの散歩も行ったよ」

浩輔は眉を寄せた。

「昨夜も遅かったから、休んでいればよかったのに」

「でも、いい気分転換になったから」

それは本当だ。最近の睡眠不足はシャルロットと一緒に歩いていないせいもあるような気がする。

キャベツとベーコンのスープ、目玉焼き、トーストを食卓に運んで、浩輔と向かい合った。

平日に朝食をゆっくり食べるのもひさしぶりだ。少し疲れは感じるが、頭は冴えている。

先ほどの猫の話をすると、浩輔は目を輝かせた。

「へえ、それは猫の集会だな」

「集会？」

「情報交換をしているのか、なんなのかはわからないけど、野良猫が夜中に集まるらしい。昔は家猫も自由に外に出ていたから、集会に参加していたと聞くけど、今はあんまり飼い猫を外に出さないから、野良猫だけだろうな」

「集会って、日時はどうして決めるのかしら」

「さあ、どこかで集まっている気配を感じるんじゃないかな。犬を飼っている人間が公園で集まるみたいに」

たしかに、約束もしないのに公園に集まっていることはたまにある。

「でも、おもしろいね。本では読んだことあるけれど、実際に出くわしたことはないよ」

最初はびっくりしたが、珍しい猫の集会に立ち会えたのかと思うとなんだか楽しくなってくる。

「どこに集まっていたの？」

「ほら、二丁目のところ。古い木造アパートがあるでしょ。あそこを入ったところよ」

「へえ。でも、あそこは抜け道になっているから、細いけど、車やバイクがよく通るんだよな。危なくないのかな」

それは知らなかった。

「明け方だからわざわざ抜け道を通る人もいないんじゃない」

それに猫たちは気配に敏感だ。車の音がすればさっと逃げるだろう。

「今度、通ってみようかな。一度見てみたいよ」

野良猫はときどき見かけるが、この近所にあんなにたくさんの野良猫がいるとは思わなかった。普段は姿を隠しているのだろうか。

深夜や明け方には、人に見えない世界が広がっているのかもしれない。それをのぞき見れたと思うと、眠れない夜も悪くない気がする。


翌日は土曜日で、わたしはようやく、その週の睡眠不足を解消することができた。昼前まで目覚ましをかけずにゆっくり眠り、すがすがしく目覚めた。

浩輔と昼食を食べてから、午後はシャルロットを連れて、いつもの公園に出かけた。

ドッグランにはジャックラッセルテリアのシモンを飼っている、神谷《かみや》さんがいた。四十代くらいの女性で、このあたりの地域猫の保護活動をしていると聞いたことがある。自宅にもシモンの他に、猫が五匹もいるらしい。

シモンは小型犬だが、大型犬に負けないほどパワフルだ。シャルロットともいつも取っ組み合うようにして遊ぶし、もっと大きい犬にも怯《ひる》まない。

ジャックラッセルテリアは、小型犬の身体に大型犬のエンジンがついていると言われるらしいが、シモンと会うたびにそれを実感する。

神谷さんは猫の集会のことを知っていた。

「不思議なのよ。一ヶ月ほど前から急になの」

「一ヶ月前から？」

驚いて聞き返すと、神谷さんは頷いた。

「それまでももちろん、集会はしてたんだろうけど、それが目に付くことはなかったし、少なくともあの路地じゃなかったのよ。住宅街の児童公園で集まっていたらしいという話は聞いたことあるわ」

児童公園は、遊具がいくつかあるだけの狭い公園だ。球技をしたり、走り回ったりするには狭すぎるから、幼稚園くらいの子供が母親と一緒に遊んでいるのを見かける程度で、小学生にもなると、こちらの大きな公園にやってくる。

たしかに猫の集会にはちょうどいい場所だ。あそこなら自転車やバイクも通らない。

それなのに、一ヶ月前から二丁目の路地で集会が行われるようになった。

「正直、困ってるのよ。わたしが餌やりをしているんじゃないかと疑われてるの」

「やってないんですか？」

彼女は、自腹を切って野良猫の避妊手術をしたり、飼い主を探したりしているから、餌もやっているものだと思っていた。

神谷さんは首を横に振った。

「餌はやってないわ。あげたいのは山々だけど、猫を嫌いな人も多いし、苦情もあるから」

たしかに無責任に餌だけやるのはいいことではないが、神谷さんくらい保護活動に力を入れているならば文句を言うこともない気がする。避妊手術をすれば、猫が増えることは防げる。

「あのアパートの横に、大きな家があるでしょ。まだ新築の。あそこの牧田《まきた》さんという人からこの前怒鳴り込まれたのよ。猫の鳴き声がうるさいし、庭も荒らされるって」

それは災難だ。

「誤解は解けたんですか？」

「一応説明はしたけれど、信用してもらえたかどうかまでは。……でも、なんであんなところに集まるようになったんでしょうね」

神谷さんにもわからないのに、わたしたちにわかるはずはない。

猫の世界にも、流行《はや》り廃《すた》りがあるのかもしれない。

土曜の夜は眠ることができたが、日曜の夜はまた同じだった。

ベッドに横たわったまま、時間だけが過ぎていく。ベッドサイドの明かりをつけて、本を読んでみたり、イヤフォンで英語の教材を聞いてみたりしても同じことだった。普段なら、難しい本を読んだり、英語を聞くとすぐに眠くなってしまうのに、こういうときに限って眠気はどこか遠くに行ってしまったまま、やってくる気配もない。

近いうちに半日休暇でももらって、睡眠外来に行ってこなくてはならない。このままでは仕事にも差し障る。

途中、少しうとうとすることができたが、目が覚めてもまだ暗い。しかも妙にお腹が空いてしまっていて、眠れそうにない。

わたしはためいきをついて、ベッドから降りた。時計は四時半だ。ココアでも飲んで、シャルロットの散歩に行ってこよう。

一階に降りると、シャルロットがぱっと目を覚ましてわたしの方に駆け寄ってきた。この前は、「どうしたの?」というような顔だったが、今日は「さんぽ行こうよ!」とでも言いたげな表情だ。まったく彼女はわたしの行動パターンを読むのがうまい。

「ちょっと待っててね。もうちょっとしたら行くから」

ココアを作って、ソファに座ると、シャルロットは軽やかにソファに上がり、わたしに身体を擦《す》りつけてきた。大きな身体をしていても、甘えんぼうだ。

その身体を抱きしめながら、また思う。シャルロットと一緒に寝られれば、きっとぐっすり眠れるような気がする。高めの体温と、少し早い心臓の鼓動、豊かな毛皮を撫でていると、気持ちが落ち着く。今夜にでも浩輔に提案してみてもいいかもしれない。

ココアを飲み終えて、シャルロットにリードをつける。大型犬は食べてすぐに運動すると、腸捻転《ちょうねんてん》を起こしやすいので、シャルロットのごはんは散歩の後だ。

まだ暗いが、外に出るとシャルロットはうれしげに歩き出す。公園ではなく、住宅街の方に向かうから、早朝の散歩はこっち側だと覚えたのかもしれない。

うちにきたばかりのときは、警察犬としての訓練のおかげか、わたしや浩輔の左側にぴったりとつき、歩く速度までわたしたちに合わせていたシャルロットだが、今はわたしの半歩前を歩く。

身体から大きく離れることはないが、興味のあるものがあれば、立ち止まって匂いを嗅ぐし、「あっちの方に行ってみたい」と意思表示をすることもある。

しつけという意味では、決してよい傾向ではない。

だが、止まれと言えば止まるし、急に走り出したりもしない。シャルロットが半歩わたしより先を歩いたからといって、誰にも迷惑はかけない。

わたしたちは、警察犬を育てているわけではなく、家族を迎えたのだ。人に迷惑をかけない限りは、シャルロットが楽しい気持ちでいてくれることを優先したい。

それに、真横ならシャルロットが見えないが、半歩先を歩いてくれると彼女の様子がよく見える。うれしそうだとか、少し警戒しているとか、落ちているなにかに気を取られそうだということが、よくわかるから、こちらの方が都合がいい。

気がつけば、猫の集会があった路地の近くにやってきていた。まさか、毎晩集会をしているわけではないだろう。

そう思ったが、角を曲がった瞬間、いくつもの目に見つめられた。今日も集会をしていたらしい。

この前より、とげとげしさはない。猫たちはゆっくりと塀の上や道の脇に逃げた。どうやら、わたしたちのことを覚えているようだ。

一回目は警戒するが、危害は加えられないと知ったのだろう。わたしはシャルロットを促して、路地を通り抜けた。

この前より時間が少し遅く、明るくなりかけているから猫たちの様子がよくわかる。黒と白の斑《ぶち》、真っ白な子、中にはアメリカンショートヘアもいる。野良猫なのか、飼い猫が抜け出してきているのか。

シャルロットがまた足を止めた。ひんひんと鼻を鳴らし始める。子猫がいるのだろうか。

プランターの陰をのぞくと、黒い子猫がうずくまっていた。このあいだと違って、怒ってはいない。

ほわほわとした毛が柔らかそうで可愛らしい。プランターの後ろでじっと身体を縮めている。

シャルロットが鼻を近づけようとしたから、リードを引いてそれを制止する。子猫がびっくりしてしまうかもしれない。

「この子が気になるの？　でももう行くわよ」

そう言って歩き出しても、シャルロットは動こうとはしなかった。リードを引いても、耳を伏せて、鼻を鳴らす。

こんなことは珍しい。

「シャルロット、帰るわよ」

力尽くで動かそうとしたが、二十五キロを超える身体は簡単には動かない。

「シャルロット！」

叱ると、上目遣いにわたしをじっと見た。なにかを訴えている。彼女と一緒に暮らし始めて気づいた。彼女がこんな顔をするときは、なにか理由があるときだ。

「どうしたの？」

シャルロットは、また鼻を子猫に近づけた。子猫が怒るかと思ったが、顔を上げてシャルロットを見ただけだ。

具合が悪いのだろうか。そう気づいたとき、ちょうど車が路地にやってきた。ヘッドライトで照らされた子猫を見て息を呑む。

尻尾が半分ちぎれたようになっていた。車に轢《ひ》かれるか、どうかしたのだろうか。こんな子猫がケンカをするとは思えない。

シャルロットが顔を近づけても逃げないということは、もう弱っているのかもしれない。

わたしは、着ているパーカーを脱いで、子猫をそれでそっと包み込んだ。抱き上げるとき、子猫は口を開けて威嚇《いかく》したが、抵抗はしなかった。威嚇する元気があるのなら少し安心だ。

歩き出すとシャルロットは大人しく付いてきた。やはり怪我をした子猫のことを訴えていたようだ。

子猫は頼りないほど軽い。まるで綿毛みたいだ。だが、呼吸や鼓動はシャルロットと同じで胸が痛くなる。この子は生きている。今、放っておくと死んでしまうかもしれない。

　家に帰ると、浩輔はもう起きていた。わたしの手の中の子猫を見て驚く。

「シャルロットが見つけたの。怪我してる。車かバイクに轢かれたのかも」

浩輔がパーカーの中をのぞくと、子猫はまた威嚇した。

「どうしよう。まだ動物病院は開いてないよね」

たしか午前中の診療は九時からだ。

シャルロットになにかあったときのために、動物救急病院の場所も調べてあるが少し遠い。連れて行く間に、子猫がストレスを感じないか心配だ。

「仕事はどうする？」

浩輔にそう言われて、考え込む。拾ってしまったのはわたしだから、仕方ない。

「半休にしてもらうわ。午後から行く」

子猫はパーカーの中でじっとしているが、すぐにどうにかなってしまうような様子はなさそうだ。

　午前八時になると、浩輔はかかりつけの星村《ほしむら》動物病院に電話をかけた。誰かが出たらしく、事情を説明している。

「もう、早番の先生がきているから、連れてきてもいいって」

それを聞いてほっとする。

パーカーごと子猫を抱き上げると、浩輔も車のキーを持って立ち上がった。

「一緒にきてくれるの？」

「ああ、このままじゃ気になるし。会社には後で電話を入れる。今日の午前中は打ち合わせも会議もないし」

少し心強い。こういうとき、めんどくさそうな顔もしないし、他人事《ひとごと》のように考えたりしないところも彼のいいところだ。

シャルロットを留守番させて、浩輔と一緒に車で動物病院に向かった。

まだ診察時間前だから、待合室には誰もいない。これまで何度かシャルロットを見てもらったことがある手塚《てづか》先生が診察室のドアを開けて、わたしたちを中に入れてくれた。

まだ三十代くらいの男性で、あまり愛想はよくないが、動物を触る手つきは優しい。

彼は子猫の様子をちらりと見て、それから口を開いた。

「まず、最初にお伺《うかが》いします。この子は野良猫ですよね。この子を助けて、それからどうなさいますか？」

わたしが口を開く前に浩輔が言った。

「もらってくれる人を探してみますが、もしいないようならうちで飼います」

わたしも頷いた。

拾ってしまったからには仕方ない。幸い、うちはふたりとも猫アレルギーではなく、家も小さいなりに一軒家だ。障害はなにもない。

先生はほっとした顔になった。

「それを聞いて安心しました。ときどきいらっしゃるんですよ。野良猫が怪我をしているのを見つけて駆け込んでこられても、その子は飼えない、治療費も出せないとおっしゃる方が」

それでは、先生も困るだろう。善意だけでは治療はできない。

しばらく待合室で待った後、先生に呼ばれて治療方針を聞く。やはり、尻尾をバイクか車に轢かれたらしく、尻尾を切断して入院になるという話だった。

「意外に元気なので、大丈夫だとは思いますが、子猫なのでいつどうなるかはわかりません。その点は頭に置いておいてください」

頷く以外のことはできない。

血で汚れたパーカーを返してもらって、わたしたちは一度家に帰ることにした。車の助手席に座ると、運転席にまわった浩輔が言った。

「真澄、ごめん」

「え、どうして謝るの？」

「いや、相談もせずに、誰もいないなら飼いますなんて言ったから……」

「わたしもそう思ってたから大丈夫。それに、ちゃんと面倒を見る気がなかったら連れて帰ってきたりしないよ」

気になるのはシャルロットとの相性だが、彼女が子猫を見つけてわたしに知らせたのだ。相性が悪いはずはないと思う。

わたしは動物病院の方を振り返った。

子猫のことは心配だが、今はあの子の生命力を信じるしかない。


残業途中、浩輔からメールが届いた。

子猫の手術が終わり、麻酔からも無事目覚めたということだった。ほっとすると同時に目の前に別の問題が立ちはだかる。

猫を飼ったことはないし、しかも子猫だなんて触ったこともない。

シャルロットは家にきたときから、聞き分けのいいなんでもできる大人の犬だった。

だが、あの黒い子猫は野良猫で、そもそも人に懐くかどうかもわからない。

ためいきをつくと、向かいに座っていた後輩の鄭《てい》さんが、こちらを見た。

「どうかしたんですか？」

「猫拾っちゃったのよ」

「ええー！　どんな猫ですか。写真見せてください」

そういえば鄭さんは猫好きだった。飼っている猫の写真も見せてもらったことがある。

「写真なんて撮る暇なかったわ。今朝、怪我をした子を拾って、病院に連れて行ったの。手術は無事成功したから、あとはもらい手を探すか、うちで覚悟を決めて飼うか決めないと」

「可愛いですよう。池上《いけがみ》先輩は犬派でしたよね」

「そうでもないんだけど……」

シャルロットがくるまでは、そもそも猫の方が好きで、犬派か猫派か聞かれると猫派だと答えていた。だが、猫を飼いたかったというわけではなく、可愛いから写真やテレビを見ているのが好きだというくらいのレベルだ。

シャルロットを飼うことになったのも、浩輔の熱意と、あとは少しの偶然のおかげだ。

今では犬のいない生活など考えられないし、道を歩いていてもテレビを見ていても、犬にばかり目が行く。

「子猫ですか？」

「うん、そう。このくらい」

両手で十五センチくらいの形を作ってみせると、それだけで鄭さんはキャーと叫んだ。イメージだけで可愛らしさに悶絶できるほど猫が好きなようだ。

「でも、そのくらいの大きさなら、二ヶ月は過ぎてるし、離乳はしてるんじゃないかな。離乳してない子猫なら世話が大変だけど、そのくらいならきっと大丈夫ですよ」

「子猫、世話したことあるの？」

「ありますよ。高校生の頃から猫に呼ばれるんです。年に一、二回拾って育てて、友達にあげたり、実家で飼ったりしてます。今の子もわたしがミルクやって育てたんです」

 では猫育てのエキスパートだ。わからないことがあれば、神谷さんと鄭さんに聞くことにしよう。

「大丈夫ですよ。猫も長い間人間と共存してきた生き物です。犬だってそうでしょう」

鄭さんにそう言われると、なんだか大丈夫なような気がしてくる。

「ありがとう。頑張るわ」

鄭さんはにっこりと笑った。

「だから、写真見せてくださいね」

翌日の夕方、帰ると家に黒い子猫がいた。

退院してもいいと言われたので、浩輔が迎えに行ったのだ。

尻尾はすっかり短くなっているが、それなりに元気そうだ。シャーシャーと歯は見せるが、リビングをよちよちと探検している。

リビングには猫トイレがすでに用意されている。浩輔が買ってきたらしい。

「賢いんだよ。家に連れて帰ってきたら、教えないのにちゃんとトイレでおしっこしたんだ」

そう言って目を輝かせる浩輔は、すでに子猫にメロメロのようだ。

シャルロットは、ぺたんとリビングの床に平たくなって、子猫をじっと見ている。拗《す》ねたり、いじけたりしているときのポーズだからヤキモチを焼いているのかと思ったが、彼女の目はまん丸になって子猫を見つめている。

小さな生き物に、精一杯、敵意がないことを示しているようだ。子猫はまだ怖いのか、シャルロットに近づこうともしない。

シャルロットも興味はあるのに、自分からは近づかないようにしている。

シャルロットは、子猫とのつきあい方を知っているのだろうか。子犬の頃に育てられた家に、猫がいたのかもしれない。

この様子ではケンカにはならないだろう。わたしたちが仕事に行っている間、猫をどうするか心配だったのだ。

「名前つけなきゃね。女の子？」

「らしいよ。可愛いなあ、小さいなあ」

子猫に目を輝かせる浩輔を見て、わたしは苦笑した。このままでは、この子はうちで飼うことになりそうだ。浩輔だけでなく、シャルロットも夢中である。

シャルロットはうちにくる前からシャルロットだった。自分で名前をつけるなんて、初めての経験だ。可愛い名前がいい。黒だから、カシスとかどうだろうか。

そう思っていると、浩輔が身体を縮めて子猫を呼んだ。

「チビ子、おいで。おいで」

あまりにも安易だ。だが、猫はきょとんとした顔で浩輔を見て、ゆっくりと近づいていった。

「ようし、チビ子、いい子だ」

わたしは心でためいきをついた。どうやらこの子の名前は、チビ子に決まったらしい。

次の土曜日、公園で神谷さんと出会ったから、ことの顚末《てんまつ》を話した。

「小さい黒猫、たしかにいたわ。お母さんと一緒だったし、近づいたら逃げるから保護はできなかったけど」

母猫と聞いて、少し気になった。あのとき近くに母猫がいたのだろうか。子猫を連れ去られて探してはいないだろうか。そう言うと、神谷さんは笑った。

「仕方ないわ。母猫に育てられたら、野良猫になるしかないし、野良猫だと平均寿命が三年から五年くらい。家猫だと病気をしなければ長生きできるわ」

それを聞いて、少しほっとする。

「それに怪我をしてたんだったら、助けなければ感染症で死んでたかも」

「そうね……」

神谷さんのことばで、自分を納得させる。

「でも、いつかこんなことが起こると思ってたのよ。シャルママが保護してくれたからよかったものの」

「こんなこと？」

「猫の交通事故よ。公園なら車はこないけれど、あそこの路地は意外に車やバイクがよく通るの」

それは浩輔も言っていた。

「でも、猫たちが勝手に集まってるんだったらどうしようもないよね」

そう言うと、神谷さんは眉をひそめた。

「それが、誰かが餌をやってる気がするの。あの路地で」

たしかに集会だとすれば、毎晩集まっているのはおかしい。誰かが餌を置いているとすれば説明がつく。

「このあいだ、具合が悪そうだった猫を保護したら、舌を怪我してたの。猫缶か他の缶詰かを蓋《ふた》を開けたままやったんじゃないかって、動物病院の先生が言ってたのよね」

「それは……」

危ないというか、あまりに考えなしだ。猫のことをよく知らない人がやったのか、それとも悪意があったのか。

「でも、気をつけてるけど、誰がやってるのかわからないのよね。わかればやめてもらうか、せめて車が通らない場所でやってもらうか、お願いできるんだけど」

「えーと、牧田さんだっけ、猫が嫌いな人。あの人に注意してもらうことができればいいのに」

　そう言うと、神谷さんは首を横に振った。

「それも考えたけど、どうも昼間じゃないようなの。深夜なのか明け方なのか、簡単に見つからない時間にやってるみたい。猫たちが集まる時間もだいたいそのくらいだし」

「うーん……」

　わたしは首をひねった。明け方か深夜に、猫に餌をやる人がいる。宵っ張りなのか、早起きなのか。それとも人目を避けているのか。

　だが、事故に遭う猫が増えるのはどう考えても可哀想だ。

「なんとかできればいいけど……」

　神谷さんはそうつぶやいて、足下にきたシモンの背中を撫でた。


　チビ子とシャルロットは、まだ距離を置いている。

　シャルロットはチビ子と遊びたくて仕方ないらしく、お尻をあげて遊ぼうよのポーズを取ったり、ごろんと仰向《あおむ》けになってみたりしているが、チビ子はまだシャルロットが怖いようだ。

猫のお母さんに育てられたら、犬は怖いものだと教えられているだろう。

人には慣れて、浩輔の振る猫じゃらしに全力でじゃれたり、わたしの後をついてまわったりしている。

わたしの手や足にじゃれついて、小さくて痛い爪を立てたり、噛みついたりするようにもなった。腕にミミズ腫《ば》れがいくつもできて、「痛い痛い！」と声を上げてばかりだが、たまらなく可愛い。目尻が下がってしまうほどだ。

シャルロットの写真ばかりだったスマートフォンの写真フォルダにも、チビ子の写真がどんどん増えていく。

問題は、わたしの不眠症が少しも改善されないことだ。チビ子の通院で半休を使ってしまうので、まだ睡眠外来には行っていない。市販の睡眠導入剤を使って少し眠れるようにはなったが、眠りが浅いことには変わりがない。

チビ子がうちにきてから、一週間が経った。

その日もわたしは、四時に目を覚ました。眠りについたのは午前一時なので、三時間しか寝られていない。ナポレオンじゃあるまいし、と心の中でつぶやく。

階下に降りると、シャルロットが起きてきた。早朝の散歩もすっかり習慣になってしまっている。

チビ子は窓際のお気に入りの場所で、黒い影みたいになって眠っている。明かりがついていないと、どこにいるのかわからない。

パジャマを着替えて、シャルロットにリードをつけて、外に出る。三日ほど天気が悪かったから、猫の集まる路地には行かなかった。

ひさしぶりに様子を見に行ってもいいかもしれない。

ひんやりと寒い明け方の住宅街を歩く。シャルロットの尻尾がうれしそうに揺れている。

木造アパートの前を通る。いちばん西の部屋にはまた明かりがついている。

角を曲がると、いつものようにたくさんの光る目がこちらを見た。全部で十二、三匹はいるだろう。

おかしい、と思ったのは、路地に足を踏み入れてからだ。

いつもなら逃げる猫たちが逃げないのだ。あまりによくくるから慣れてしまったのかと思ったが、よく見るとなにかがおかしい。

うにゃうにゃと甘えるような声を上げながら身体をよじる猫、ぼうっとしたような目をしている猫もいる。どの猫たちも動きが鈍い。

まるで酩酊《めいてい》しているようだ。そう思ったとき、はっと気づいた。

またたびだろうか。まさか本当にアルコールで酔っているということはないだろう。

こんな状態のとき車が通れば、多くの猫が怪我をしてしまう。わたしは、猫たちを手で追った。さすがにわたしとシャルロットが近づくと、猫たちものろのろと逃げ出した。

ふいに視線を感じて、わたしは顔を上げた。西の窓のカーテンが、かすかに揺れたような気がした。

木造のアパートをじっと見上げるが、その後はなにも変化がない。

こんな時間に明かりがついているのは、受験勉強でもしているのか、それとも早起きなのか。

少し明るくなってきたせいで、塀に張り紙が貼ってあることに気づいた。

「猫の餌やり禁止！」

油性マジックでの殴り書きだった。紙もスケッチブックかなにかをちぎったもので、美観もなにも考えていないところが、怒りを感じさせる。

見れば、あちこちに、べたべたと同じ張り紙があった。怪訝《けげん》に思って眺めていると、シャルロットがまた鼻を鳴らした。

退屈でもしているのかと思って下を見ると、猫たちがまた通りに戻ってきている。

道路に身体を擦りつけるようにしたり、なあなあと甘えたような声で鳴いたり、普通の状態ではない。

驚いて見ていると、向かいの家のドアがいきなり開いた。

「あなた、猫に餌をやってるんじゃないでしょうね！」

顔を出したのは、五十代くらいの痩《や》せた女性だった。道路と同じ高さにガレージがあり、その上に庭や玄関がある構造の家だから、見下ろされた状態になる。

わたしはあわてて、ホールドアップされたかのように両手を挙げた。

「あげてません。犬の散歩中です！」

「じゃあ、なんでそんなに猫が集まってるのよ！」

「知りません。通りがかったときには、すでに集まっていました」

表札に「牧田」という文字が見えるから、この人が猫の嫌いな牧田さんだろう。彼女は、ドアから出て、階段を降りてきた。手には片手鍋があった。

彼女は、鍋の中の水を、猫に向かって勢いよくかけた。

猫たちは、散り散りに走り去った。乱暴なやり方だが、こんなところに集まっていたら、チビ子のように車に轢かれてしまう。

水はシャルロットの顔にもかかったようだ。シャルロットは情けない顔で、わたしを見上げた。

牧田さんは、じろじろとわたしの全身を見回し、そしてシャルロットにも目をやった。

「大きな犬ねえ。猫を追っ払ってくれないかしら」

教えればできるかもしれないけれど、その仕事は優しいシャルロットには楽しいものではないだろう。

「いつもは、うちの犬を見ると逃げるんですけど、今日は逃げなかったんですよね。どうしてだろう」

「厚かましくなったんじゃない」

どうやら言われている通り、猫が嫌いらしい。牧田さんは鍋を持ったまま近づいてきた。

「この子、触っても怒らない？」

「大丈夫ですよ」

そう言うと、シャルロットの頭を少し乱暴にがしがしと撫でた。おや、と思う。犬を触り慣れている人の撫で方だ。

シャルロットを撫でながら、彼女の表情が和らいだ。わたしはおそるおそる尋ねてみる。

「この張り紙って……もしかして」

「そうよ。わたしが書いたの。最近、夜中の餌やりが多くて困ってるのよ」

やはりそうだったか。

「散歩なの？　ときどききて、猫を追い払ってよ」

「朝の散歩のとき、この道はよく通ります」

「そうなの？　だったら助かるわ」

牧田さんは、自分の家を見上げた。

「うち、小鳥がいるのよ。前にいた子も野良猫にやられたの。うちにだけは近づけたくないの。庭の花壇だって大事にしてるし……」

そう言われてはっとする。もし、この世界に野生の狼《おおかみ》がいて、それがシャルロットを襲うのなら、わたしもなるべくシャルロットに近づけたくないと思うはずだ。

猫嫌いと聞いて、気むずかしい人なのではないかと思ったが、そんな単純な問題ではない。

みんなそれぞれ大事にしているものが違うだけだ。

自宅に帰ると、チビ子が玄関先まで迎えにきた。

玄関でシャルロットの足を洗うのを、まん丸の目で見つめている。

タオルで拭いた後、シャルロットを中に入れる。チビ子はシャルロットを避けるように大回りしたくせに、ふさふさの尻尾を踏んでわたしに近づいてきた。

どうやら、尻尾がシャルロットの一部であることに気づいていないようだ。

台所に向かい、食器をふたつ出す。片方にはシャルロットのフード、もう片方には子猫用フードを入れる。大きさがあまりに違うので、少しおかしくなる。子猫が食べる量は、シャルロットの二十分の一くらいだ。

食器をふたつ持って、リビングに向かう。

シャルロットは、べったりと床に腹ばいになったまま、尻尾だけを動かしていた。その尻尾にチビ子がじゃれついている。

かがんでは飛びつき、逃げるのを追い掛け、ときどき、がぶがぶと嚙みつく。

どうやら、チビ子は贅沢な猫じゃらしを見つけたらしい。

翌日の夜、公園で神谷さんとまた会うことができた。

猫たちが酩酊したような状態だったと話すと、彼女の表情が曇った。

「たぶん、またたびだわ。でも、どうして……」

わざと猫をあの路地に引き寄せようとしているように思う。最初は餌、餌の次はまたたび。

猫が嫌いだから、危ない目に遭わせたいのか。それとも牧田さんへの嫌がらせか。

だが、いちばん被害を受けるのは、あそこに集まる猫たちなのだ。また交通事故に遭ってからでは取り返しがつかない。

チビ子のように、尻尾の怪我だけで済まない場合だってある。

神谷さんが、不快そうにつぶやいた。

「猫をおもちゃにしてるのよ」

たしかにそうかもしれない。ただ、悪気なく、猫を見たいからという理由で餌やまたたびで呼び出しているのだとしても、それは猫を自分の欲望のために危険な目に遭わせているのと同じだ。

神谷さんは、シモンのリードを引き寄せて、公園のベンチに腰を下ろした。わたしも隣に座る。シャルロットも、大人しくお座りをした。

「わたしもよく考える。これが本当に猫のためになるのかって……犬も同じ」

「でも、神谷さんは、避妊去勢手術をしているでしょ」

「それだって、人間のエゴかもしれない。家で飼っている猫だって、本当は外に出たいかもしれない。ときどき、そう思わずにはいられない。もちろん、都会で猫と関わっているのだから、今やってることがベターなはずだって考えてるんだけどね」

神谷さんは、寂しげに笑った。

「何年か前かなあ。一度、子供に抗議されたことがある。公園で、猫を捕まえるための罠をかけていたの。ケージの中に餌を入れて、入ったら入り口が閉まって、出られなくなる形の罠。ちょうど狙っていた猫が入ったから、ケージごと動物病院に運ぼうとしたら、前に男の子と女の子の兄妹がいてね。言われたの。『その子をどうするんですか?』って」

子供たちの顔は真剣だったという。まるで悪い猫さらいを阻止しようとするかのように、厳しい顔で神谷さんの前に立ちはだかった。

「男の子は小学校三、四年生くらいで、女の子はもっと小さかった」

神谷さんは、優しく言って聞かせたという。

『さらうわけではないの。子供ができないように手術して、それからまた公園に放すの』

『どうして、子供ができないようにするんですか？　それって猫のためなんですか？』

そのときのことを思い出したのか、神谷さんは遠い目をした。

「一瞬、返事に困っちゃった」

その気持ちはわかる。たとえ、信念を持って猫の保護に関わっていたとしても、気持ちが揺らぐことはある。

「どう答えたんですか？」

「なるべくわかってもらえるように話したつもり」

神谷さんは兄妹の前にしゃがんで話したという。

『今、この公園で子猫が生まれると、多くは生き残れずに死んでしまうの。車に轢かれる子もいる。増えすぎたら地域の人の迷惑にもなって、保健所に持ち込まれてしまう。だからなるべく子猫が生まれないようにして、死ぬ子や保健所で殺されてしまう子が増えないようにしているの』

少年はまっすぐな目で尋ねたらしい。

『でも、子猫が生まれなくなったら、この世から猫が消えてしまいませんか』

『まだ大丈夫。子猫はどんどん生まれているし、こうやって手術している人は少なくて、全然追いつかないの。でも、いつか子猫が生まれる数と、人が飼ったり、共存できる猫の数のバランスが取れて、手術しなくていいときがくるかもしれないね』

そういうと、子供たちはこくりと頷いて、走って行ってしまったという。

神谷さんは苦い笑みを浮かべた。

「でもね。あのとき、『猫のためなんですか』って聞かれて、どきっとした。もし、この世から人間が消えてしまって、猫だけになったらそんなことしなくていいわけだもの。猫のためじゃないとは言わないけど、人間社会のためでもあるよね」

それは極論だ。

もし、このひとことが神谷さんを攻撃するために発せられたならば、わたしははっきり反論する。神谷さん自身だって人から悪意で言われれば反論するだろう。

だが、彼女がそれを自問自答する理由はわかる。迷いながら、手探りで猫と人間が共存する道を探すのが、彼女の生き方なのだろう。

わたしはシャルロットを撫でながら口を開いた。

「でも、たしかに田舎とかで、猫が自由に子猫を産んで育てて、地域にも溶け込んでいる光景に憧れはありますね。ほら、中東の国なんかは猫がたくさんいても平気でしょう」

テレビの猫番組で見た。誰に飼われているわけでもなく、好きなように町で暮らす猫たち。人間たちも猫を拘束せずに、ときどき餌をあげたりして、ゆるく関わっていた。あんなふうに犬と猫と一緒に暮らせれば、どんなにいいだろう。

神谷さんはシモンを膝の上に抱いた。

「イスラム教は、猫を大事にする宗教だから。でも、その代わり、犬の扱いはよくないんですって。犬は不浄の生き物だから、家で飼うなんて珍しいんですって」

それを聞いて、がっくりする。

なかなか、思うようにはいかない。


その次の土曜日だった。

睡眠導入剤を使い始めたせいで、眠りにつくのはスムーズだが、やはりどこか眠りは浅い。ゆっくり眠れるはずの休日だって、早く目覚めてしまう。

朝四時、階下で、どたどた走り回っている音が聞こえる。

わたしは身体を起こした。シャルロットは、家の中では走り回らないようにしつけられているから、走っているのはチビ子だろう。

それにしては、音が大きい気がした。考え込んでいると、あきらかになにかが倒れるような音がした。

まさか侵入者でもいるのだろうか。だが、うちにはシャルロットがいる。すっかりぼーっとしたお座敷犬になってはいるが、元警察犬のシャルロットが。

隣の浩輔は、相変わらずいびきをかいて眠っている。わたしは起き上がって、カーディガンを羽織《はお》った。

寝室を出て階段を降りる。どったんばったんというとっくみ合いをしているような音が聞こえてきて、わたしは眉をひそめた。

リビングのドアを開けて、明かりをつける。

床の上には、仰向けになったシャルロットと、それに飛びかかろうとしているチビ子がいた。

コートかけが倒れていて、帽子やコート、ハンガーが床に散らばっていた。

空気清浄機も倒れている。コードを引っ張ったのか、電気湯沸かしポットが床に落ちていた。中が空だったことに胸を撫で下ろす。

シャルロットは、仰向けになったまま、石のように固まっている。あきらかに、「見られてはいけないところを見られた」という顔だ。

チビ子の方は、まったくわたしを気にする様子はなく、シャルロットに飛びついてはがぶうがぶうと噛みついている。

その光景を見て、わたしは理解した。どうやらチビ子は、「この大きな生き物は安全である」と理解したらしい。そして、飛びついて遊びはじめ、一緒に遊んでいるうちに、シャルロットの方もエキサイトしてしまったらしい。

シャルロットはチビ子に対しては、手加減をしているはずだが、なにせ二十五キロの大型犬だ。尻尾や身体でいろんなものをなぎ倒してしまったらしい。

「こら！」

叱ると、シャルロットはわたしから目をそらし続けた。見なければ、怒られないで済むとでも思っているのだろうか。

顔をのぞき込むと、悲しげな声でくうんと鳴く。

(ごめんなさい。ごめんなさい。ちょっと夢中になっちゃったの)

この顔を見ると、あまりきつくは叱れない。

その間も、チビ子はシャルロットの尻尾や足に齧りついている。みっしり毛が生えているといっても、チビ子の歯は鋭い。痛くはないのだろうか。

わたしは、はあとためいきをついて、シャルロットの鼻先を撫でてやった。

「もう怒ってないわよ」

シャルロットは飛び起きて、わたしの顔をぺろぺろと舐めた。

（ごめんなさい。もうしないから）

その顔を見て苦笑する。

犬は不思議だ。力も攻撃力も、人間よりずっと勝っているはずの大型犬でも、飼い主に怒られるとしょんぼりする。

わたしはシャルロットを叱るときに、叩いたりはしない。警察犬の訓練ではどうだったか知らないが、最近ではどこのしつけ教室でも体罰は使わない傾向になっている。

体罰を使わなくても、犬は人間に従う。シャルロットはわたしや浩輔に叱られると、びくっと身体を震わせて小さくなる。

チビ子は反対に、叱られてもまったく気にしない。まだ子供だからという理由もあるが、そこが犬と猫との大きな違いかもしれない。

大型犬はいるけど、大型猫はいないのは、そういう理由からかもしれない。

言うことをきかない大型猫は、そのまま猛獣で、ペットとして飼うのは難しいのだろう。

チビ子はシャルロットがしょんぼりしていようが、お構いなしに、シャルロットの尻尾と勝手に遊んでいる。

図体が大きいのに優しくて、ふさふさしたゴージャスな猫じゃらしを持っている。チビ子は、シャルロットが絶好の遊び友達だと気づいてしまったようだ。

わたしは小さくためいきをついた。

しばらく、床に壊れやすいものは置けないかもしれない。


チビ子が疲れて、くうくう寝始めたので、シャルロットと散歩に行くことにする。

住宅街の猫集会のことも気になっていた。あれから、何度か通ったが、猫集会には遭遇しなかったし、酩酊している猫もいなかった。

木造アパートの角を曲がって、猫集会の行われていた道に出る。今日は猫の姿はなかった。

少しほっとする。餌を置いたり、またたびを撒《ま》いたりしていた人は、今日はなにもしていないようだ。

ここではなく、公園か車の通らない道でやってくれるのなら、わたしは別にかまわない。餌やりの是非はともかく、探してやめさせようとまでは思わない。

安心しながら道を通り抜けようとしたとき、わたしは別の張り紙に気づいた。

「猫の餌やり禁止！」と書かれた張り紙の下に、違う張り紙が貼られている。顔を近づけて読む。

「大きい犬禁止！」

どこかバランスの悪い文字は、大人のものではないような気がした。だが、小さい子供のものでもない。牧田さんの書いた張り紙と、筆跡も違う。

他にもいくつか、同じような張り紙が貼ってある。

破ったノートに油性マジックで書かれているのは、どれも同じだった。中には、「犬禁止！」と書かれた後、わざわざ横に、「大きい」を足してあるものもある。

立ち止まって、わたしは首を傾げた。

シャルロットが不思議そうな顔で、わたしを見上げた。

「禁止って言われちゃったね」

そう話しかけたが、さすがにシャルロットにはなんのことかわからないのだろう。ただ笑顔で尻尾をぶんぶんと振っている。

わたしはその張り紙をまじまじと眺めた。

「犬におしっこをさせないで」とか「散歩の後始末は飼い主が責任を持って」という張り紙ならば、これまで見たことがあるし、言われていることもよくわかる。公園には、

「犬のリードを放さないで」という立て看板がある。当然のことである。

だが、「大きい犬禁止」という張り紙ははじめて見たし、そもそも店や建物や私有地ではない道を通ることを、禁止などできない。

これを書いたのは、どんな人だろう。

大きな犬が怖いのだろうか。それとも、なにか別の理由があるのだろうか。

しばらく見ていたが、それだけで答えが出るはずもない。

退屈したのか、ひんひん鼻を鳴らし出したシャルロットと一緒に、わたしは歩き出した。

その日の午後、珍しいお客さんがあった。

インターフォンが鳴り、防犯カメラの画像には、見知らぬ男性と小さな女の子が映っていた。

不思議に思いながら、インターフォンの受話器を取る。

「はい」

「はじめまして。林田《はやしだ》と申します。沙和の父です」

あっと小さな声が出た。男性の横にいるのは、たしかにさわちゃんだ。

シャルロットがお気に入りで、半年ほど前、ときどき遊びにきていた女の子だった。

「少々お待ちください」

わたしは小走りで玄関に向かった。

門のところにいたのは、四十代くらいの長身の男性と、さわちゃんだった。さわちゃんも少し背が伸びた。

「こんにちは。さわちゃん、ひさしぶり！」

さわちゃんは、ぺこりとお辞儀をした。少し見ないうちに仕草が大人っぽくなった。

たぶんもう小学三年生になったはずだ。

「こんにちは。シャルロットに会えますか？」

「もちろんよ。よかったら上がってください」

さわちゃんのお父さんの林田さんは、左手を顔の前で振った。

「いえいえ、ちょっとご挨拶に伺っただけですので」

「ご挨拶？」

「実は引っ越しすることになりまして」

「あら……」

それは少し寂しくなる。浩輔が玄関から顔を出した。

「どうぞ、お急ぎでなければ上がってお茶でも。シャルロットもさわちゃんに会えると喜びます」

「そうですか。では、お言葉に甘えて……」

林田さんは恐縮しながらも、さわちゃんの手を握って玄関の中に入った。

シャルロットが迎えに出る。さわちゃんを見ると、口角が上がって笑ったような顔になった。

林田さんは「おお」と声を出した。

「きみがシャルロットか。大きいなあ」

「どうぞどうぞ」

靴を脱いでもらって、リビングにお通しする。

「シャルロット、ひさしぶり」

さわちゃんはシャルロットに抱きついた。シャルロットもうれしげにぺろぺろとさわちゃんを舐める。

さわちゃんがシャルロットと遊びはじめたので、林田さんにはソファに座ってもらうことにした。浩輔がコーヒーを淹れてくれた。

「その節は、沙和が大変お世話になりました。ご迷惑もおかけしまして」

林田さんは頭を下げた。

「いえいえ、わたしたちもさわちゃんがきてくれてうれしかったんです」

社交辞令ではない。しばらくこられなくなって、寂しさを感じていたほどだ。

「引っ越しってどちらにですか？」

コーヒーカップをテーブルに置きながら、浩輔が尋ねる。

「横浜の方です。そちらで店を持つことになりました。なにかのついでがありましたら、ぜひいらしてください」

林田さんはたしか寿司職人だと聞いている。

遠いわけではないが、さわちゃんがうちに遊びにくるのは難しくなるだろう。

なんだか寂しくなって、わたしは黙った。

さわちゃんが、急に大声を出した。

「猫がいる！」

見れば、チビ子は食器棚の上から、さわちゃんを見下ろしていた。

「かわいい！　小さい！」

獣医さんはだいたい二ヶ月半だと言っていた。

「この前拾ったの。シャルロットとも仲良しなのよ」

「いいなあ。おいで、おいで」

チビ子は、身軽に食器棚からダイニングテーブルへと飛び降りた。そのまま床に飛び降りて、さわちゃんに近づく。

少しおそるおそるではあったが、さわちゃんの膝に飛び乗る。

「うわあ。かわいいー」

さわちゃんは、チビ子を抱き上げて頬ずりをした。

おや、と思う。ずいぶん懐いてきたとはいえ、チビ子はこれまで初対面の人を怖がっていた。なのに、さわちゃんに抱かれても大人しくしている。

林田さんはふっと息を吐いた。

「ここにきてよかった。いろいろあって、ちょっと塞いでいたので……」

「さわちゃんがですか？」

「ええ、うちの事情は御存知ですよね」

さわちゃんのご両親は離婚して、彼女は父親である林田さんと、その母親と一緒に住んでいる。さわちゃんの母親とは、週末にだけ会えることになっていると聞いた。

「実は、沙和の母親が再婚することになりまして……もちろん、別にだからといって沙和とはもう会わないというわけではなく、これまで通り、母親の家とうちを行き来することになるんですが……」

林田さんが言いたいことはわかった。たとえそうでも、自分の母親が別の人と結婚するのは、まだ幼いさわちゃんにとっては、ショックな出来事だろう。

「結婚相手の男性も、沙和のことを可愛がっていて、いつでも家にきていいと言ってくれているようなのですが、沙和はまだちょっと抵抗があるようです。時間が解決するとは思っていますが」

それでも気持ちが塞ぎがちになるのは当然だ。シャルロットやチビ子と遊ぶことで、さわちゃんが笑顔になってくれれば、わたしもうれしい。

「うちでしたら、いつでも遊びにきてくれていいんですけど」

とはいうものの、電車を乗り継いで遊びにくるには、さわちゃんはまだ小さい。お祖母さんは足が悪いから一緒にはこられないだろう。

さわちゃんはチビ子に頬ずりしながら、つぶやいた。

「可愛い。すごくいい子。欲しいなあ……」

林田さんは、強い口調でさわちゃんを叱った。

「沙和。人のお家の子を欲しがってはいけない」

「だって、可愛いんだもの。犬は飼えないけど、猫は？」

「まあ、そのうち、縁があればな」

わたしと浩輔は目を見合わせた。お互いの言いたいことがそれだけで伝わった。

わたしはさわちゃんに聞こえないように声をひそめた。無駄な期待を持たせて、失望させてしまってはいけない。

「あの、林田さん。あの子猫、怪我をしてて保護したんです。うちで飼ってもいいけど、もらってくれるお家があったら、それもいいなって……」

林田さんの目が大きくなる。

「もしかして気を遣ってくださってるのなら、大丈夫です。そうですね。猫を飼うことを考えてもいいかもしれないですね」

「つまり、猫が飼えないわけじゃないんですね」

「ええ、次のマンションはペット可ですし、犬は散歩に行けないので難しいですが、猫ならば飼えると……」

「じゃあ、これもご縁じゃないですか？」

チビ子は可愛いが、うちにきたのはまったくの偶然だ。それに、さわちゃんが動物好きで優しい子であることはよく知っている。きっとチビ子を可愛がってくれるだろうし、チビ子もさわちゃんが好きなように見える。

林田さんはぱちぱちとまばたきをした。それからさわちゃんに声をかける。

「沙和。ちゃんと世話をするか？　飽きたりしないで面倒を見るか。優しくするか」

さわちゃんはビー玉みたいに丸い目になった。

「え……」

「シャルロットのパパとママが、もし沙和がその子のことを大事にするなら、譲ってもいいと言ってくださっている」

さわちゃんはしばらく、呆然とした顔でチビ子を抱きしめていた。大きな目から涙がぼろぼろこぼれはじめた。

それから声を上げて泣き出す。思いもかけない反応にわたしと浩輔は顔を見合わせた。

林田さんは笑って言った。

「安心してください。沙和はうれしいんですよ」

シャルロットはさわちゃんの涙をぺろぺろと舐めた。


引っ越しと片付けが済むまで、チビ子はうちで預かっておくことにした。

林田さんの携帯に、毎日写真を送ることを約束する。

さわちゃんは何度もチビ子に頰ずりをしながら尋ねた。

「この子の名前は？」

「今はチビ子と呼んでるけど、さわちゃんがもっといい名前をつけてあげてくれないか」

浩輔がそう言うと、さわちゃんは大きく頷いた。

「わかった。よく考えておく。チビ子はいくらなんでもあんまりだもの」

わたしもそう思っていた。


夕方、わたしと浩輔はシャルロットを連れて、近所の公園に向かった。

日曜の夕方は、犬好きがいつも集まる。有意義な情報交換ができるし、シャルロットも友達と会えるのを楽しみにしている。

犬が集まると、一頭では見えないものが見えてきて興味深い。

シャルロットは意外にも小悪魔的というかコケティッシュで、雄犬たちをうまく遊びに誘ったり、好きな男の子と、そうでもない子との扱いを、大きく変えたりする。こういう一面は、家でシャルロットを見ているだけではわからない。

遊び方は、大型犬らしいレスリングで、犬を飼っていない人から見れば喧嘩をしているようにしか見えないのだが。

公園にくると、シャルロットの足取りが軽くなる。尻尾をゆらゆらと揺らしながら、楽しそうに歩く。

公道では、無闇《むやみ》に匂いを嗅いだり、立ち止まったりしないようにしつけられているが、公園では自由だ。草むらに顔をつっこんだり、いつまでも同じ木の匂いを嗅いだりして、シャルロットは散歩を楽しんでいる。

なんだか、人間が雑誌か新聞の記事を読むみたいだと思ったことがある。気になる記事はじっくり読み、そうではないものはさっと目を通すだけ。今ならさしずめ、フェイスブックかもしれない。マーキングは、「いいね!」かコメントだ。

そんなことを考えていたら、低い木の繁みががさがさと音を立てた。かき分けるように出てきたのは十二歳くらいの男の子だ。

シャルロットを見て、凍り付く。

仕方がない。誰もが大きな犬を好きなわけではないし、中でもシャルロットは怖そうな顔をしている。ゴールデンレトリバーならば、怖がられることもまだ少ないだろう。

わたしはリードを引いて、シャルロットをどかせた。

シャルロットはきょとんとした顔で、少年を見上げている。少年の後ろから、妹らしき女の子が出てきた。さわちゃんと同じくらいの年齢だろう。

彼女もはっとした顔になる。

「お兄ちゃん」

「大丈夫。怖がらなくていいから」

少年は女の子にそう言うと、わたしたちとは別の方向に歩き始めた。

「どこにいるのかなあ……」

「絶対いる。俺がちゃんと見つけてやるから」

ふたりでそう話しながら遠ざかっていく。

なにを探しているのかは知らないが、兄妹らしい会話に微笑《ほほえ》ましくなる。

歩き出そうとしたが、浩輔は後ろを向いたまま、先ほどの兄妹を見送っている。

「どうかした？」

「いや、別にたいしたことじゃない。ちょっと気になったことがあって……」

「なあに？　教えて？」

「もうちょっと確信が持てたら話すよ」

彼はそう言って歩き出した。

夕方の散歩と、ごはんを終えてしまうと、シャルロットは自分のお気に入りのクッションで寝そべる。「今日の楽しいことは、もう終了」とでも言いたげな様子だ。

大河ドラマを見ながら、夕食を食べ終え、浩輔とふたりで後片付けをする。

日曜日の夜は、落ち着く時間だ。ふたりでレイトショーの映画を見に行くこともあれば、家で借りてきたＤＶＤを見ることもある。余裕があれば、平日の夕食の支度が楽になるように、作り置きの常備菜でも作る。

今日は、浩輔に話したいことがあった。

ソファでハイボールを飲んでいる浩輔の横に、わたしは座った。

「ねえ、シャルロットを寝室に入れちゃ駄目？」

浩輔はグラスを持つ手を止めて、わたしを見た。

「寝室に入れないようにしようと言ったのは、真澄だろう？」

その通りだ。不妊治療はもうやめてしまったが、子供はまだ欲しいと思っている。今からだと高齢出産にはなるが、まだ絶対に無理だと決まったわけではない。

子供ができてから、寝室に入っちゃ駄目だというのも可哀想な気がしていた。

だが子供ができるかもしれないというわずかな望みに縋《すが》って、シャルロットと一緒に寝るという楽しみを放棄するのは、なんだか無駄なような気がするのだ。

「しつけにはあんまりよくないかもしれないけれど、今さらしつけもないしなあ」

警察犬として働いていたシャルロットは、びっくりするくらい賢いし、聞き分けもいい。一緒に寝たくらいで、問題犬になることはないだろう。

「ぼくは全然かまわないよ。ベッドは狭くなるだろうけど」

そもそも、シャルロットはわたしたちと一緒に寝たくはないかもしれない。

風呂に入って、歯を磨き、寝るための支度を終えると、わたしはシャルロットを呼んだ。

「おいで。シャルロット」

シャルロットはお気に入りのクッションから顔を上げた。

「今日は上で一緒に寝よう」

浩輔はまだ入浴している。

二階への階段を上がると、シャルロットもついてきた。呼ばれたことは理解したようだ。

寝室のドアを開けて、中に入る。シャルロットは困ったような顔で、廊下で足を止めている。

これまで入ってはいけないと言っていたのだから、無理もない。

「今日からはいいの。おいで」

叱られるのではないかという表情で、ゆっくり足を踏み入れ、叱られないと確認してから、寝室の匂いをあちこち嗅ぐ。ひとりぼっちにされたのが寂しかったらしく、チビ子も寝室に入ってきた。

ベッドに寝そべって、横をとんとんと叩くと、シャルロットはベッドに上がった。わたしの身体に寄り添うように伏せて、にかっと笑うような顔になる。目がきらきらしていて、いかにもうれしそうだ。

（ずっとこうしたかったの）

そう言っているように見えた。

シャルロットの体温が身体に伝わる。彼女を引き取ったばかりのことを思い出した。

「寝室には入れないようにしている」というと、犬好きの友達が笑って言った。

「いつまで続くかな？」

そのときはシャルロットが寂しがって、一緒に寝ることになるという意味かと思ったが、今になってわかる。

寂しいのは人間の方だ。そして、体温が高く、立派な毛皮を持っている生き物と一緒に寝るのは心地よくて、その誘惑を振り払うのには、精神力がいるのだ。

翌朝、脇の下をくすぐられて目が覚めた。

浩輔にしては毛むくじゃらで、体温が高い。目を開けると、シャルロットがわたしの脇の下に鼻先をつっ込んでいた。

わざと起こしたのだろうか。目が合うと、うれしそうに尻尾を振る。

時計を引き寄せて見る。朝の六時。

夜十一時にベッドに入ったから、ひさしぶりに七時間熟睡できたことになる。

やはりシャルロットと一緒に寝て正解だった。

チビ子は、わたしの足下で、小さく丸くなって眠っている。身体を起こすと、浩輔も目を開けた。

「もう起きる？」

「うん、ぐっすり寝られたし」

今から起きれば、シャルロットの散歩とお弁当作りを両方こなせる。顔を洗って髪を整え、お米をといでから、シャルロットにリードをつけた。

眠れぬまま、仕方なく散歩に行くときは身体が重いが、今日は軽やかだ。鼻歌でも歌いたくなる。

そういえば、猫の集会場所はどうなっただろう。牧田さんにも言われたし、今日は見に行ってもいいかもしれない。

シャルロットを連れて、住宅街の中に入る。シャルロットは飼い主の歩く速さに合わせて歩く。わたしが歩みを速めれば、早足になり、駆け出せば、一緒に走る。

いつもの木造アパートの角を曲がる。

シャルロットが先に足を止めた。わたしも立ち止まる。

猫たちはやはりいた。全部で十四以上はいるだろうか。道のあちこちで、道路を舐めたり、ごろごろと転がったりしている。

だれかがまたたびを撒いたのだ。

わたしは、猫たちを追い立てた。シャルロットが近づくと、猫たちは渋々のように、起き上がって逃げる。

ふいに、シャルロットが、木造アパートの方を向いた。耳を澄ますように顔を上げる。

「どうしたの？　シャルロット」

なぜか、小さな声が聞こえた。

「行くぞ。今だ」

次の瞬間、シャルロットが飛び上がった。キャンと情けない声を上げる。

わたしはあわてた。なにか尖ったものでも踏んだのだろうか。

シャルロットはぶるぶると身震いをした。

足を握ってみるが、痛がる様子はない。顔を見ると、目はまん丸だが、耳が下がっていない。どこも痛くはないようだ。

「いったいどうしたの？」

次の瞬間、わたしはぎゃっと声を上げた。首筋に冷たいものがかかったのだ。

首筋を撫でて手を見る。手についているのはただの水のようだった。

足音が聞こえた。アパートの階段を、駆け上がっていく人影が見える。まだ子供だ。

そのことばが出たのは、単なる勢いだった。

「追い掛けて！」

シャルロットが警察犬だったことを思い出したのは、その後だった。

シャルロットは、木造アパートの階段を駆け上がった。少年の着ているシャツに噛みつく。

少年はへなへなとその場に座り込んだ。わたしはシャルロットを止めるために追い掛けた。

「こら、離しなさい！」

少年の手には水鉄砲があった。どうやら、悪戯をしたのはこの子らしい。

シャルロットは素直に、少年のシャツを口から離した。

十二歳くらいの少年は、キッとわたしを睨んだ。その顔には見覚えがあった。昨日公園で会った子だ。

「なんで、水鉄砲で撃ったの？」

そう尋ねると、彼はぷいと顔を背けた。

「この道にくるな！　猫がびっくりして逃げるだろう！」

はっとした。「大きな犬禁止」という張り紙をしたのはこの子だろうか。もしそうなら、またたびを撒いたり、餌を置いたのもこの子だということだ。

それは猫を呼ぶためだったのだろうか。

思い出す。彼は妹と一緒に、なにかを探していた。

突然、すべてがつながった。

少年と妹が、わたしたちの家にやってきたのは、その次の土曜日だった。

ふたりとも、木の棒のように固まっている。緊張しているのだろう。

ふたりをリビングに通した。シャルロットが近づく前に、チビ子が食器棚の上から駆け下りた。

妹が叫んだ。

「きんつば！」

きんつばと呼ばれたチビ子は、女の子の膝によじ登った。こわばっていた少年も笑顔になる。

「無事だったんだ……本当によかった」

少年はぎゅっと拳を握って、頭を下げた。

「ありがとうございます。きんつばを助けてくれて」

少年は日下部《くさかべ》太一《たいち》と名乗った。妹は千鶴《ちづる》。あの木造アパートの二階に住んでいると言った。

「この子を拾ったのね」

「はい。公園で拾いました。助けなきゃ、と思いました。だって、生まれた子猫は車に轢かれたりして、死んじゃうことが多いんでしょう？」

そういえば、前、神谷さんが小学生の兄妹と話をしたと言っていた。もしかすると、日下部兄妹だったのかもしれない。

「でも、お母さんは絶対駄目って……」

アパートでは気軽にペットは飼えないはずだ。禁止されているところの方がずっと多い。

泣く泣く、兄妹はきんつばを逃がした。だが、心配で心配で仕方ない。子猫は車に轢かれるかもしれないし、保健所に連れて行かれてしまうかもしれない。

無事を確かめたくて、餌を置いた。きんつばが食べにくるように、と。

浩輔も、「餌やまたたびは、逃げた飼い猫を探すためかもしれない」と考えはじめていたという。勝手に逃げたわけではなかったが、同じようなことだった。

「でも、餌をやっちゃいけないって張り紙が……」

だから、またたびを撒いた。きんつばの無事を確かめたかったから。

「あるときから、きんつばを見かけなくなって、心配してました。大きな犬がくるようになったから、こなくなったのかと思った」

　実際にはきんつば＝チビ子はうちにいた。

「車に轢かれて、尻尾を怪我したの。だからうちで保護した」

「飼ってくれるんですか？」

「横浜のお家にもらわれていくことになってる。きっと可愛がってくれるはずよ」

　太一くんは押し黙った。複雑な心境なのだろう。少し考えてから、声を絞り出した。

「よかった、です」

　彼の気持ちもわかる。彼は本当は、きんつばを飼いたかったのだ。千鶴ちゃんだってそうだ。

　話を聞いていた浩輔が、太一くんの目をのぞき込んだ。

「きんつばは、もう大丈夫だ。可愛がってくれる家がもう決まっている。もう、餌を置いたり、またたびを撒いたりしちゃいけないよ。やってきた猫が交通事故に遭うかもしれない」

　太一くんはこくりと頷いた。

「でも、ぼくになにができるんですか。猫のために……」

　そのことばで気づく。彼は猫が好きなのだ。そしてたぶん、千鶴ちゃんも。

浩輔は言った。

「大人になるまで待つんだ。大人にならないと、自分以外のだれかを守るのは難しいから」

寂しそうな顔になった太一くんに、わたしは言った。

「大人になったら、できることはたくさんあるよ」

自分で飼うことや、野良猫を保護すること、保護団体に寄付をすること。どれも子供には難しい。

だが、あと十年も待てばなにかをはじめることはできる。


お父さんを通して、さわちゃんからメールがあった。

「ねこちゃんの名前は、アンジーにしようと思います。天使という意味だってママに教えてもらいました」

とても素敵な名前だ。さわちゃんはセンスがいい。

もちろん、きんつばだって可愛い名前だ。

チビ子とくらべれば、たいていの名前はよく聞こえる。

シャルロットと猛犬

シャルロットは一日二回、散歩に行く。一回、ほぼ一時間、休みの日は三時間ほど歩くこともある。

もちろん、シャルロットが一頭で散歩に行けるわけではない。「いってらっしゃい」と送り出せたらいいのだが、そういうわけにもいかず、わたしか浩輔が連れ出すことになる。散歩そのものは楽しいが、忙しいときはもっと寝ていたいとか、煩《わずら》わしいとか思わないわけではない。

だが、シャルロットはジャーマンシェパードで、まだ六歳なのだ。運動が必要なことははじめからわかっている。それがわかっていて飼うことにしたのだから、散歩に行くのは飼い主の義務だ。

しかも、わたしと浩輔は共働きで、平日の昼間は十時間以上留守番させてしまうことになる。シャルロットは大人しく自分のケージや、お気に入りのマットの上で留守番をしているが、それでもわたしたちが仕事に行くときは、豊かな尻尾をしょんぼりと下げ、玄関まで見送りにくる。寂しそうな目で、わたしたちを見送る。

仕事を休むことはできないから、朝からたっぷり散歩をして、ストレスを溜めないようにしてやるしかない。

だから、どんなに寒い日も、雨の日も、疲れている日も、毎日散歩に出かける。雨の日はシャルロットにレインコートを着せて、外に出る。

どんなに散歩に行くのが憂鬱《ゆううつ》な日も、楽しそうに何度も振り返ってわたしの顔を見るシャルロットと一緒に歩いていると、いつのまにか晴れやかな気分になっている。

その犬と飼い主に出会ったのも、いつもの散歩コースのことだった。


八月の早朝だった。

昼間はうんざりするほど蒸し暑い毎日が続いていたが、早朝はさすがに涼しい。秋の気配さえ漂いはじめている。

シャルロットとわたしは公園をひとまわりして、自宅に帰るところだった。

自宅に向かう坂道を下りていると、車道を挟んだ反対側の歩道を女性が歩いてくるのが見えた。早朝とはいえ人通りの多い道だから、いちいち歩いてくる人に注目したりはしない。それでも、その人が目についたのは、犬を連れていたからだ。

シャルロットと同じくらいの大きさか、もしくは少し小さい茶色の犬、口元だけが黒く、締まった体軀《たいく》をしている。

初めて見かける犬だ。このあたりで飼われている犬のことはだいたい把握しているつもりでいるが、散歩の時間が合わないなどの理由で知らない犬もいるかもしれない。

少し距離があるから、なんの種類かはわからない。頭に一瞬浮かんだ犬種を、わたしは即座に否定した。

——土佐犬《とさいぬ》？　まさかね。

土佐犬はあんなに小さくはないと思う。それに、土佐犬をこんな住宅街で飼うのはあまり一般的ではない。

この道は、小学生たちの通学路にもなっている。

車道を挟んですれ違うとき、茶色い犬がシャルロットに気づいた。とたんに激しく吠えはじめる。

「こら、小夏《こなつ》！」

女性が叱責《しっせき》したが、吠え声はおさまらない。シャルロットは少し困惑したようにわたしを見上げた。

わたしは優しい声でシャルロットを褒めてやる。

「いい子ね」

褒めるのは、その行動が間違っていないという意思表示だ。吠えられて吠え返さないというのは正しい行動だから、褒めてやらなければならない。

シャルロットを飼い始めるとき、犬のしつけについて勉強して知った。吠えずに黙っていたり、大人しくしていたりするとき、褒めてやるのは大事なことだ。人間同士ではそういう「なにもしていないこと」を褒めるという習慣がない。ともすれば、悪いことをしたときだけ叱り、大人しくしているときは放っておくということになりがちだ。

そうすると、犬は大人しくしていることが、いいことだとわからない。悪いことをしたときだけかまってもらえるから、悪戯や吠え癖を悪化させてしまうケースがあるらしい。

小夏と呼ばれた茶色い犬は火のついたように吠え続けている。飼い主の女性はようやくリードを押さえているような状態だ。

わたしは、シャルロットのリードを引いて、脇道にそれた。彼女が押さえきれなくなって、犬がこちらにやってきては大変だ。大型犬同士の喧嘩では、わたしには止められない。

なにより、シャルロットが嚙まれるようなことがあっては困る。

見えなくなっても、犬の吠え声は続いていた。


浩輔と一緒に出勤のため、家を出る。シャルロットは、玄関まで見送りにきた。耳が寝て、尻尾が下がり、寂しそうな顔になっている。

出かけるときは、あまりかまわない方がいいと知ってはいるが、わたしはシャルロットの頭を軽く撫でた。

「なるべく早く帰るね」

シャルロットは鼻をぴすぴすと鳴らした。小学生くらいの女の子をひとりで留守番させるような気持ちになる。シャルロットは立派な成犬なのだが。

駅まで歩きながら、今朝の話をする。茶色の犬に吠えられたと言うと、浩輔は眉間に皺を寄せた。

「土佐犬っぽい子だろ。ぼくも会ったことある。村上さんから聞いたんだけど、純粋な土佐犬ではなくて、ミックス犬らしいけど」

「えっ、やっぱり土佐犬の血が入ってたんだ」

遠くから見たときも、「土佐犬っぽいな」と思って、その考えを打ち消したのだ。

土佐犬は闘犬につかわれてきた歴史もあり、力が強く、気性も荒い。家庭で気軽に飼えるような犬種ではない。

もっとも、悪いのは犬ではなく、娯楽として闘犬を行い、それに向いた犬を作り出した人間である。たしか、もともと四国原産の犬に、グレートデーンやマスティフなどをかけ合わせていると聞いたことがある。

「飼い主さんが、あまり人とは交流したがらないから、それ以上のことはよくわからないらしいけど、まだ子犬なんじゃないか」

たしかに、土佐犬ならば体重五十キロを超える子も多いが、二十五キロのシャルロットよりも、あの子は小さかった。

「でもさあ、こないだから気になってるんだけど、飼い主の女性、以前、うちにきた人じゃないか？」

「うちにきた人？」

「ほら、シャルロットを貸せっていってきた」

あっ、と小さい声が出た。たしかに似ている。四十代ほどの、小柄な女性だ。

その人がやってきたのは、二ヶ月ほど前のことだった。

インターフォンが鳴ったので、カメラで確認してみると、見たことのない女性が立っている。戸惑いながら、ドアを開けると、彼女はぺこりと頭を下げた。

「あの、こちら、シェパードを飼ってらっしゃいますよね」

「はい、そうですけど」

犬の声がうるさいとかそういう苦情なのだろうか。シャルロットはめったに吠えないが、身体が大きいので誤解されることはある。

彼女は、わたしの身体の向こうから部屋の中をのぞき込むようにした。

振り返ると、シャルロットがリビングから顔を出している。お客さんに興味があるらしい。

彼女は一呼吸置いて、思いもかけないことを言った。

「あの子、貸していただけませんか」

「はぁ？」

わたしの声は一オクターブくらい上がっていたかもしれない。

「いえ、この前、うちに泥棒が入ったんです。不用心で、怖いから、二、三ヶ月だけでいいですから、番犬を貸していただけないかなと思って……。難しいようなら、ときどきでも」

この人はなにを考えているのだろう。

シャルロットはうちの家族だ。たまに法事や旅行など、夫婦揃って留守にしなければならない事情があるときは、動物病院や訓練学校に預けるが、見ず知らずの人にほいほいと貸すことなどできない。

「あの……申し訳ありませんが、ご期待にはお応えできません。犬は大事な家族ですし、知らない人に貸すなんてとてもできません」

不穏な空気を感じたのだろう。浩輔もいつの間にかわたしの後ろに立っていた。

「二、三日だけでも……駄目ですか？」

「申し訳ありませんが」

そうはっきり断ると、彼女はあきらめて、門から出て行った。

「なんだったんだ」

浩輔は眉をひそめたまま、彼女が去って行くのを眺めていた。わたしはドアを閉めた。

たぶん、犬を泥棒よけとしか考えていないのだろう。防犯ベルやカメラのようなセキュリティグッズと同じだと思っているのだ。

そんな人にシャルロットを貸せるはずはない。

彼女が訪ねてきたのはたった一度だけで、その後はなにも言ってこない。さすがにあきらめたのだと思っていたが、もしかして、どこからか土佐犬を借りてきたのだろうか。

いや、数日間借りてきただけなら、まだいい。もしかして、どこかから引き取ったのかもしれない。

「なんか……ちょっと不安かも」

そう言うと、浩輔も頷いた。

そんな認識でいる人が土佐犬を飼えるはずはない。

闘犬として戦わせるため、強い攻撃性を持つように育てられてきた。もちろん、きちんとしつけをし、愛情を持って育てればよいパートナーになるだろう。飼い主には忠実だと聞いたことがある。

だが、愛玩犬として生まれた種類の犬よりも、ずっとしつけは難しい。チワワやトイプードルならばしつけに失敗しても、軽い怪我をするくらいだろうが、土佐犬による事故は過去に何度も起きている。

死人が出てもおかしくはないのだ。

咬傷《こうしょう》事故は、嚙まれた人だけではなく、犬も不幸にする。それが起こらないように防ぐのは、飼い主の役目だ。

あの女性は、それがわかっているのだろうか。


土佐犬のことは、公園でよく会う散歩仲間たちも知っていた。

「小夏っていう名前です。まだ七ヶ月かな。女の子」

そう言ったのは、シャルロットのボーイフレンド、ジャーマンシェパードのハリスを飼っている村上さんだ。大型犬が好きでたまらないというだけあって、よく知っている。

「しつけは大丈夫なの？」

そう尋ねたのは、ダックスを飼っている堺《さかい》さんだ。

「まだ子犬だから、無邪気だし、攻撃性もそんなにないみたいだけど、やっぱり将来は心配ですよね。根岸《ねぎし》さんといって、地域交流センターの隣にある家です」

「飼い主さん、犬のことよく知ってるんですか？」

不安になって村上さんに聞いてみる。

「犬を飼うのははじめてだって言ってました。でも、はじめてだからしつけができないってわけでもないから……」

そう村上さんはフォローしたが、その場にいた全員の顔が曇る。

ベテランなら安心で、初心者だから失敗すると決まったわけではない。初心者でも、きちんとしつけを勉強して飼い始めればいいのだが、あまり期待できそうにない。

なにも起こらなければいい。みんなの顔にそう書いてあった。

空気を変えるためか、村上さんが言った。

「でも、名前が可愛いですよね。小夏って、高知県産の柑橘類ありますよね。ぴったり」

たしかに名前は飼い主の愛情の表れだ。小夏という名前からは、ただの道具として連れてこられたようには感じられない。

だが、愛らしい名前を与えられながら、悲しいことになった犬はきっとたくさんいる。


それから半月ほど経った土曜日のことだった。

梨をたくさん送ってもらったので、近所の知り合いのところにいくつか届けた。地域交流センターの前を通りながら、考える。このあと、買い物をして、それから浩輔と一緒にシャルロットをドッグランに連れて行こう、と。

考え事をしていたせいか、マキシ丈のスカートがなにかにひっかかった気がした。

足を止めて、スカートを引っ張るが、生け垣の枝にひっかかったのか取れない。何度か引っ張ったとき、生け垣の間から、犬の顔がにゅっと出た。わたしのスカートに嚙みついている。

思わず、大声を上げてしまった。怖かったわけではない。びっくりしたからだ。落ち着いて、よく見る。茶色くて口のまわりだけ黒い大型犬。小夏だ。

表情に敵意はまったくない。目を見開いて、シャルロットが遊んでもらうときと同じ顔をしている。悪戯っぽい、可愛らしい顔だ。

その顔を見て、少し気持ちが落ち着いた。だが、スカートの端は、まだ小夏の口の中にある。

「ねえ、離してよ」

そういうが小夏は、ぐいぐいとわたしのスカートを引っ張る。どうやら引っ張りっこで遊んでいるつもりらしい。

スカートはびりびりと破れていく。まずい。これはまずい。小夏がくわえているのは膝のあたりで、下着が見えてしまうような位置ではないのが救いだが、だからといって破られては困る。

わたしは、大声で、家に向かって呼びかけた。

「すみませーん。すみませーん」

誰もいなかったらどうしようかと思ったが、すぐに庭に面した窓が開いた。

顔を出したのは三十代ほどの女性だった。一目見ただけで事態を把握したらしい。

「きゃあ、ごめんなさい。小夏、離しなさい」

彼女がそう言っても、小夏は夢中で引っ張っている。みるみるうちにスカートは半分以上裂けてしまった。大きく裂けたせいで、小夏の口から逃れられたのはよかったが、なかなか情けないかっこうだ。

女性は、門扉を開けて、わたしに駆け寄ってきた。

「大丈夫ですか。ああ、申し訳ありません。こんなことになってしまって……」

シャルロットを貸してくれと言いにきた女性ではない。この家には他にも家族がいることを知って、少しほっとした。

「弁償します。それに、その格好では大変でしょうから、なにか代わりに着るものでも……」

「弁償してもらうような高級品じゃないですから大丈夫ですよ」

そう言ったが、たしかに着るものは貸してもらえると助かる。

彼女に案内されて、家の中に入る。小夏は機嫌良くついてきた。

——わたし、つよいでしょう。

そんな顔で、わたしを見上げる。まだ無邪気な子犬の顔だ。

土佐犬と言われる犬種のイメージとはほど遠い。だが、それはまだ子供だからかもしれない。子供と大人の行動が違うように、子犬と成犬はまったく違う。

子犬の頃は、どんな犬にも親しげだったのに、成犬になって急に犬を怖がるようになった子も知っている。

リビングに通されて、ソファに案内された。

「あの、代わりのスカート持ってきますけれど、犬、平気ですか？」

「平気ですよ。うちにもジャーマンシェパードがいるので、大型犬は好きです」

「じゃあ、小夏はこのままで大丈夫でしょうか。ケージに入れることもできますけど」

「ええ、小夏ちゃんと遊んでます」

見ればリビングの隅には、大型犬用のケージがある。うちにあるのより、一回り大きいのは、小夏がこれからも大きくなるからだろう。

二階に洋服を置いてあるのか、女性は階段を上っていった。小夏は、自分のケージから、クマのぬいぐるみを持ってきた。

犬のためのおもちゃではなく、子供が抱いて眠るくらいの大きさだ。五十センチはあるだろうか。腕は半分もげて、中から綿が出ている。

それをうれしそうに振り回し、わたしの胸にぐいぐい押しつける。投げてくれ、と言っているようだ。

クマのぬいぐるみを小夏の口から取り上げて、上にぽーんと投げてやる。小夏は飛び上がってそれをキャッチした。

シャルロットも運動神経はいいが、この子は全身がバネのようだ。

――もっともっと！

そう訴えながら、今度はわたしの膝にぬいぐるみをのせる。それから、わたしの胸にどんと前足をついて、ぺろぺろと顔を舐めた。

耳の後ろや、胸元という犬の好きな場所を撫でてやると、細い尻尾をうれしそうに振る。どうやら仲良くなれたようだ。

ぬいぐるみを持ち上げる。ふわっと、甘い香りを感じた。

顔に近づけて、匂いを嗅ぐ。まるで生クリームのようないい匂いがした。こういう洗剤の香りがあるのかもしれない。

もう一度投げてやると、また飛び上がってキャッチする。今度はぶんぶんと、ぬいぐるみを振り回した。興奮したようにうなり声を上げる。

リビングのドアが開いて、女性が入ってきた。手に、スウェット素材のスカートを持っている。

「すみません。一時的なものですけど、もしよろしかったらこれに着替えてください」

着替えるために洗面所を借りる。洗面台には、色の違う歯ブラシが五つ並んでいた。今日は彼女しかいないようだが、他にも家族はいるようだ。

スカートはちょうどいいサイズだった。ウエストを紐《ひも》で調節できるものを選んでくれたらしい。

着替えて出て行くと、彼女は紅茶を淹れていた。ポットからカップに紅茶を注ぐ。

「よかったら、いかがですか？」

せっかく淹れてくれたのに、断るのも悪い気がして、またソファに座る。

受け取ったカップからは、アールグレイの香りがした。

彼女は根岸里菜《りな》と名乗った。わたしも自己紹介をする。

「池上真澄です。この近くに住んでます」

「あの……スカートのお代を……」

彼女はおそるおそるそう言った。

お代など受け取るつもりはない。そもそも普段着で、しかも何年も着ている。

「いいですいいです。安物なんで、お代なんかいただけません。このスカートだけお借りします」

「でも……」

彼女は気が収まらないようだったが、ファストファッションの店で買った散歩用の服だ。値段ははっきり覚えていないが、たぶん二千円とか三千円とかだったような気がする。

「本当に申し訳ありませんでした。今日は家族がみんな出かけてて、散歩に行く人がいなくて、つい庭で自由にさせてしまったのです。わたしが散歩に行けないもので……」

なぜ、散歩に行けないのだろうと不思議に思ったが、それを尋ねるほど親しいわけではない。

「でも、珍しいですね。土佐犬ですよね」

「ええ、でも純粋な土佐犬じゃないらしいです。母犬が土佐犬で、父親が柴犬だとか。それに、うちは預かっているだけなんです。姉の知人がどうしても飼えなくて、手放して、それで今、飼ってくれる人を探しているそうです」

彼女は、少し寂しそうに小夏の背中を撫でた。

「なんか情が移っちゃうので、あんまり可愛がらないようにしているんですけどね……

うちじゃどちらにせよこんなに大きくて難しい犬、飼えないです。これまで犬を飼ったこともないし」

「そうなんですね」

シャルロットと暮らしているから、大型犬の可愛らしさは知っているし、小夏もいい子だと思うが、やはり簡単に勧められるものではない。シャルロットは元警察犬で、訓練も完璧にできていたから、わたしたち夫婦のような初心者でも飼えたのだ。

小夏ともう会えなくなるかもしれないと思うと寂しい。わたしもすっかり情が移ってしまっている。

「でも、短い間でも番犬にはなりますよね」

「どうでしょうか。もちろん、泥棒はリスクを避けると聞きますから、大きな犬のいる家は狙わないらしいですけど、そもそも番犬って現代の都市には馴染みませんよね。吠えると近所迷惑になるし、知らない人に嚙むような犬にしてしまうと、宅配便の人やガスの検針の人に嚙みついてしまうかもしれませんし」

シャルロットは元警察犬だが、宅配便の配達員にもガスの検針の人にも親しげに尻尾を振る。ほとんど人に吠えることはない。

なにか異常を感じて吠えたことはあったが、番犬の役割をシャルロットに期待しているわけではない。まったく吠えないなら、その方がいいのだ。

「でも、お姉さんは番犬を欲しがっていたんじゃないですか？」

そう言うと、彼女はきょとんとした顔になった。

「姉が……ですか？」

「あっ、ごめんなさい。以前、小夏ちゃんに似た子を連れていたから、お姉さんだと思っただけで、もしかしたらお姉さんではないのかも」

「いえ、姉だと思います。小夏の散歩は姉の役目ですから。父も母もあまり足腰が丈夫じゃないので、大型犬の散歩は難しいんです。夫は、あまり犬が好きではないですし……」

たしかにその環境では大型犬を飼うのは難しそうだ。

「でも、姉が番犬を欲しがってたなんて、はじめて聞きました」

「空き巣が入ったとか……」

「空き巣？」

彼女はきょとんとした顔をしている。空き巣に入られたのはこの家ではないのだろうか。

喋りすぎたような気がする。わたしは紅茶を飲み干すとソファから立ち上がった。

「お邪魔しました。スカート、明日にでもお返しします」

「いえ、こちらが悪いんですから、いつでも結構です。本当に申し訳ありませんでした」

彼女は玄関まで見送ってくれた。小夏もついてくる。

「小夏ちゃんと遊べてよかったです」

そう言うと、彼女はぱっと笑顔になった。

「わたしも、楽しかったです。まだこっちに越してきて一年も経ってないんで、友達がほとんどいないんです。外出もなかなかできないですし」

なにか持病でもあるのだろうか。そう思ったとき、奥で赤ちゃんの泣く声が聞こえた。頼りない声だから、まだ小さいはずだ。友達の六ヶ月の赤ちゃんはもっと大声で泣いていた。

小夏があからさまにそわそわしはじめる。

「あっ、お昼寝から起きちゃった」

なるほど、それで散歩に行けない理由も、外出がなかなかできない理由もわかった。

赤ちゃんのいる家で土佐犬を飼うのも難しいだろう。成犬で落ち着いているのならともかく、まだ子供だ。

赤ちゃんを見たい気持ちはあるが、それを言い出すのは少し照れくさい。

わたしは小夏の頭を撫でると、ドアに手をかけた。

「じゃあ、また返しにきますね」

「ええ、わたしはだいたい家にいますから、いつでも大丈夫です」

小夏はおろおろと、里菜さんと奥の部屋を見比べている。赤ちゃんが泣いてるよ、とでも言いたげだ。

玄関を出て、少し寂しい気持ちになっていることに気づく。

小夏はとてもいい子なのに、この先の運命がどうなるかわからないのだ。


家に帰ってから、浩輔に帰りが遅くなった理由を話す。

浩輔は首を傾げた。

「この前、散歩に行ったとき、小夏とその飼い主さんに会ったよ。でも、そのときはそんなことはなにも言ってなかったけどなあ」

たしかに、小夏のことをよく知ってる村上さんも、そんなことはひとことも言っていなかった。

「もらい手を探すのなら、近所の人にも聞いてみるのが普通なんじゃないか?」

もしかすると、もらい手を探しているというのは、ただの言い訳で、姉という人は自分で小夏を飼いたいのかもしれない。

もらい手が見つからなかったと言えば、情の移った家族は「処分しろ」とまでは言わないだろう。散歩に行けない家族がいても、お姉さんがきちんと散歩に行くのなら、問題はない。

だが、そうだとしてもなにか引っかかる。

スカートを返すのは、また明日以降にして、わたしは待ちくたびれているシャルロットを散歩に連れ出すことにした。休日だから、浩輔も一緒だ。

公園に行くと、いつもの散歩仲間が集まっていた。村上さんは、ハスキーのサスケを飼っている奥さんと話し込んでいる。こちらに気づいて、手を振った。

「あっ、シャルママ、さっきは梨ありがとうございました」

シャルロットは、大好きなハリスに鼻を近づけて挨拶をしている。

とっくみあいやプロレスや、知らない人が見たら、喧嘩をしているようにしか見えない遊び方だが、飼い主には二頭が楽しんでいるのはよくわかる。

浩輔は河内さんに話しかけている。ボーダーコリーのルルを飼っている奥さんで、このあたりのことにはくわしい。

「小夏の飼い主の根岸さんって、いつからこのあたりにお住まいなんですか？」

「もう長いですよ。息子さんが小さい頃からだから、もう三十年以上なんじゃないかしら」

「息子さん？」

「ええ、最近、息子さん帰ってきたんですよね。その前は北海道支社勤務だったけど、東京本社に異動になったからって」

息子、という単語に戸惑い、それから気づく。里菜さんはその妻かもしれない。

義理の両親、そして義理の姉、それから里菜さん夫婦、赤ちゃんにはまだ歯ブラシは必要ないとして、これで五人。歯ブラシの数はそれで合う。

ふと、シャルロットが、ハリスと遊ぶのをやめた。ハリスはまだ頭を低く下げて、お尻をあげるポーズを取って、シャルロットを遊びに誘っているが、シャルロットは急に地面の匂いをふんふんと嗅ぎはじめた。

「どうかしたの？　シャルロット」

尋ねても答えが返ってくるわけではない。シャルロットは、なにかを追跡するように地面に鼻をつけて歩き始めた。

わたしは浩輔と顔を見合わせた。シャルロットはなにかを探している。

過去にもこういうことは何度かあった。そのとき、シャルロットが見つけたのは、フライドチキンの骨、コンビニのおでん容器、なぜか落ちていた食べかけの魚肉ソーセージなどだ。

もちろん、戦利品はすぐにわたしたちによって取り上げられるのだが、一度、こういう追跡モードになってしまうと、シャルロットは他に興味を移さない。ただひたすら、匂いの元を追跡する。それが誰かの残したお弁当の容器であってもだ。

浩輔は、まだ河内さんと話しているので、わたしはシャルロットの捜査に付き合うことにした。

ふんふんと匂いを嗅ぎながら、あちらこちらをうろうろし、繁みに顔をつっ込む。拾い食いはしないようにしつけてあるとはいえ、油断は禁物だ。

わたしはシャルロットが目的のものを見つける瞬間を逃さないように、彼女の鼻先に注意を払いはじめる。

ある場所にきたとき、シャルロットの尻尾がぴんと上がった。なにかを見つけたらしかった。

繁みの中からなにかを引きずり出して、「ね?」とでも言いたげにわたしを見上げる。

はじめはなにか動物の死体かと思った。

中の綿がはみ出たそれは、ボロボロのぬいぐるみだった。七十センチほどと、かなり大きい。

あちこち破れてはいるが、汚れはそこまでひどくない。

シャルロットは、褒めてもらいたそうに尻尾をぱたぱたとしている。これは褒めるべきかどうか迷ったが、悪いことはなにもしていない。

わたしはシャルロットの首元を優しく撫でた。

「えらい、えらい」

シャルロットの顔がより得意げになる。ふふん、と鼻を鳴らしているようだ。

浩輔がやってくる。

「シャルロット、なにか見つけたのか？」

「ぬいぐるみ。なんのぬいぐるみだろう」

浩輔がそれを拾い上げる。耳がついていないから、クマやウサギではない。丸い顔と両手両足。ボタンの目も一つ取れて、なんだか可哀想だ。

「そんなに前に捨てたものじゃないな」

「どうしてわかるの？」

「三日前は雨だっただろう」

たしかに雨に降られたのなら、もっと汚れているはずだ。つまり、一昨日か昨日捨てられたものだ。

シャルロットは、なぜか鼻をすんすんと鳴らした。言いたいことがあるのに、伝わらないとでも言いたげだ。

このぬいぐるみになんの意味があるのだろう。

普段はそんなことをしないのに、シャルロットは後ろ足で立ち上がり、浩輔の手からぬいぐるみを奪おうとした。

「おっと！」

バランスを崩した浩輔の手から、ぬいぐるみが落ちる。わたしはあわててそれを受け止めた。

地面に落ちていたものだから、落としたってかまわないということに気づいたのは、身体が動いた後だった。

だが、次の瞬間、嗅いだことのある匂いを感じた。

甘い、生クリームのような香り。小夏が持っていたぬいぐるみと同じ匂いだった。

「これ……」

浩輔が驚いた顔でこちらを見る。

「どうかしたのか？」

シャルロットがなぜ、これをわたしに見せたかったのか。小夏はわたしの胸に自分のぬいぐるみを押しつけていた。シャルロットには、わたしの胸に残った匂いと、このぬいぐるみの匂いが同じであることがわかったのだ。

「これ、小夏が持ってたぬいぐるみと同じ匂い」

「じゃあ、小夏のおもちゃなのか？」

それと同時に気づく。このぬいぐるみがなんのぬいぐるみか。

丸い顔で耳はない。胴体に両手両足がついている。

これは、赤ん坊の人形だ。


悪い予感が当たらなければいい。

わたしと浩輔は、根岸さんの家に向かっていた。途中で、「あ、池上さん」と声をかけられる。

車道を挟んで反対側の歩道を、里菜さんが歩いている。

車がこないのを確かめて、わたしは車道を渡った。浩輔とシャルロットもついてくる。

「わあ、この子が、池上さんの飼っているジャーマンシェパードですか。可愛いですね。名前は？」

浩輔が答える。

「シャルロットです」

「どちらに行かれるんですか？」

「美容院です。出産してから、全然行けてなくて……。でも今日はお義姉さんが見てくれるって言うから……」

わたしと浩輔は息を呑んだ。

邪推や勘違いならいい。だが、わたしたちの考えが正しかったら、大変なことになるかもしれない。

「戻ってください」

「え？」

驚いた顔をしている里菜さんを促す。

「とにかく家に戻ってください。お願いです」

里菜さんは不思議そうにしていたが、それでもきびすを返して、自宅へ向かう。

「いつから、あそこに住んでらっしゃるんですか」

「わたしは八ヶ月ほどです。夫の家なんですけど、東京はやはり家賃が高いですし、義父母も一緒に暮らそうと言ってくれたので……」

「赤ちゃんはいつ頃産まれたんですか？」

「今四ヶ月です。まだ夜泣きがひどくて、あまり休めなくて」

少しずつ、不安は確信に変わる。

根岸家に到着すると、里菜さんはインターフォンを押そうとした。浩輔がそれを押しとどめる。

「鍵はお持ちでしょう。そのまま入った方がいい」

里菜さんは怪訝な顔をしながらも言われた通りにする。浩輔はシャルロットを連れて、家の前で待った。

玄関のドアを開けると、奥からなにかばたつくような音がした。

リビングを通ったとき、里菜さんがつぶやいた。

「小夏がケージにいない……」

つまり、出て行ったときはケージにいたということだ。

奥から走り出てきたのは、小柄な女性だった。以前、うちにシャルロットを貸してほしいと言いにきた人。

「ちょ、里菜さん、どうしてこんな急に帰ってきたの」

彼女はあきらかに焦《あせ》っている。

「和歌《わか》は……和歌はどこですか」

わたしたちはなにも言っていない。だが、里菜さんは母親の直感でなにかに気づいたようだった。

「寝てるわ。起こさない方がいいわよ」

里菜さんが奥に行こうとすると、義姉が身体で阻止する。

「どいてください。お義姉さん！」

「なんでもないって言ってるでしょ」

里菜は、義姉を突き飛ばした。そのまま奥に駆け込む。

「和歌！」

部屋の真ん中にベビーベッドがあった。それに手をかけて、小夏が中をのぞき込んでいる。

「小夏、駄目！」

里菜が駆け寄る。ベビーベッドの真ん中には、目を丸くしている赤ちゃんがいた。その顔は生クリームにまみれていた。小夏は赤ちゃんに顔を近づけて、大きな口を開けた。

そして生クリームをぺろりと舐め取った。

「和歌、夜泣きがひどかったから……」

里菜さんに次に会ったのは、一週間後だった。

里菜さんの義理の姉——千早《ちはや》さんにとっては、それが頭がおかしくなりそうなほどのストレスだったらしい。

孫ができてうれしい両親とは違い、千早さんにとっては弟とその妻子の同居にはなんの喜びもない。使っていた部屋を明け渡すことを要求され、狭い部屋に追いやられ、それが不満ならば、家を出て行けとまで両親に言われたらしい。

その腹立ちと、子供の泣き声のストレスから、彼女はいつしか、ある妄想を抱くようになったのかもしれない。

巨大な犬が、平穏な生活の闖入者《ちんにゅうしゃ》である赤ん坊を食い殺してくれないだろうか、という妄想。

はじめは、誰かから犬を借りようと、近所の大型犬を飼っている家を訪ねた。空き巣が入って怖いから、番犬が欲しいというのも嘘だ。もちろん、断られ、今度は自分でもらい手を探している犬の中から、ちょうどいい犬を見つけようとした。

千早が選んだのが、土佐犬のミックスである小夏だ。

だが、小夏は想像以上に温和な犬だった。犬は嫌いだが、人には歯をむかない。

だから、千早は小夏を訓練することにしたのだ。赤ん坊と同じような大きさのぬいぐるみと、食欲を刺激する甘い匂い。

ぬいぐるみはいつもずたずたに引き裂かれ、彼女は満足したという。

あとは里菜さんが留守のとき、赤ん坊に同じ匂いをつけて、小夏を近づけるだけ。

もしかすると、その邪悪な計画は成功したかもしれない。そう思うとぞっとする。

だが、小夏はちゃんとぬいぐるみと赤ちゃんの違いは理解していた。顔に塗られた生クリームはぺろりと舐め取られただけだった。

「義姉はしばらく通院することになりました」

里菜さんは下を向いて、そう言った。何事もなく終わったとはいえ、ショックは隠せないようだった。

里菜さんと夫は、根岸家を出て、マンションを借りるらしい。

「お義父さんとお義母さんは、お義姉さんを家から出すって言っていたけど、そんなことをしたら、よけいに恨まれそうでいやですから」

苦しげに言う。

「小夏を連れて行けたらいいんですけど……」

「それは難しいよ……」

人間たちの都合で、大きな体躯に作り替えられ、人を殺しかねない強さを持つ生き物として作られた犬。いくら本当は心優しくても、誰でもが飼えるわけではない。

「里菜さんのせいじゃないよ」

わたしはそう言った。

この罪は犬を愛する人たちが少しずつ担っていくしかないのだ。


ひとつだけ、いいことがあった。

小夏は、根岸家の二軒隣にある家族に引き取られた。大学生から中学生までの男三人兄弟で、父親は少年サッカー教室のコーチだという話だ。

息子三人もサッカーをやっていて、朝も夕方も、兄弟のうち誰かが小夏のリードを持って、一緒に走っている。

小夏とシャルロットは、道で会ってもお互いまったく興味は示さない。
小夏はいつも、「わたし、忙しいの」という顔をして、シャルロットとすれ違う。

シャルロットのお留守番

シャルロットはうちの庭が好きだ。

もちろん、広い庭があるわけではない。猫の額ほどではあるが、それでもこのご時世に、東京二十三区内に庭のある家が持てるのは幸運と言うほかはない。

もともと、浩輔が子供の頃から住んでいた家で、結婚してそのままそこに住むことになっただけで、共稼ぎとはいえ我が家の世帯年収でとても買えるようなものではない。

お義父さんとお義母さんは、田舎暮らしがしたいと言って、岡山に土地と家を買って、そこでほぼ、自給自足の生活をしている。

庭には目隠しのために、数本の樹を植え、あとは手のかからないハーブを少し植えている。本当はガーデニングもしたいが、なかなかそこまで手が回らない。

シャルロットはいつもリビングに面した窓の前に座り、庭を眺めている。

夏の夕方の涼しい時間帯や、冬の日当たりのいい時間など、気温によってはしばらく庭に出してやることもある。

そんなとき、シャルロットは気持ちよさそうに、空気の匂いを嗅ぎながら、庭に座っている。ときどき、外を通る人を門扉の隙間から見ていることもある。

たとえ、誰かが手を伸ばして撫でようとしても、よく訓練されているシャルロットが噛みつくようなことはないし、差し出された食べ物も、わたしたちが許可しない限り食べない。

小型犬なら、門を開けて入ってきた人に連れ去られる可能性もあるが、シャルロットを連れ去ろうとするような人はいない。性格は穏やかだが、体重二十五キロのジャーマンシェパードだ。しかも元警察犬で、訓練を受けている。普段はぼーっとしていて、すっかりお座敷犬としての生活に馴染んでいるが、その賢さに驚かされることも多い。

シャルロットを庭で自由にさせることがあったのも、彼女なら大丈夫だと思っていたからだ。

まさか、それがあんなことになるとは想像もしていなかったのだ。

最初にそれに気づいたのは浩輔だった。

土曜日の夕方、庭の水やりを済ませて戻ってきた彼が言った。

「真澄、パクチーのところ踏んだか？」

なにを言われているのか、すぐにはわからなかった。

「踏んだって……踏むわけないじゃない」

パクチーは道路に面した塀の近くにまとめて植えてある。最近手に入りやすくなったとはいえ、値段は安くないし、家で栽培すれば使いたいときに使える。通り道ではないから、間違えて踏むような場所ではない。

「いや、誰かに踏まれたようになってるから……」

「シャルロットじゃないの？」

今日の午後、掃除をしている間シャルロットを庭に放した。花壇を踏まないようにしつけてはいるが、なにかに気を取られれば踏んでしまうことはあるだろう。

人に歯をむけないとか、散歩中は飼い主と歩幅を合わせるというようなしつけと比べて、花壇を踏まないというしつけは、曖昧《あいまい》だし、一緒にいなければ叱ることもできない。

だが、浩輔は首を横に振った。

「いや、シャルロットじゃない。靴の跡がある」

「靴の跡？」

「そう、シャルロットが靴を履くなら別だけど」

にこりともせず、浩輔はそう言ったが、これは冗談だ。彼の冗談はわかりにくいことに定評がある。

わたしはサンダルを履いて、庭に降りた。シャルロットもついてくる。

パクチーは何株かが無残に踏みにじられていた。浩輔の言う通り、スニーカーのような靴跡がある。育てているパクチーが踏まれたことも腹が立ったが、なによりその靴跡が気に掛かった。

「これ、大人の足の大きさだよね……」

少なくともわたしより大きい。二十四センチか、二十五センチか。女性でもこのくらいのサイズは今や普通だし、足が小さい男性という可能性もあるかもしれない。

「いつだろう……これ」

昨夜水をやったのはわたしだが、すっかり暗くなっていたから気づかなかった。

「今日ってことはないと思うけど……。だって今日は家にいただろう。朝、シャルロットの散歩に行っただけで」

足跡はまだ新しい。今日かせいぜい昨日のものだろう。

リビングには誰かがだいたいいたし、午後はシャルロットが庭にいた。普段は温和で静かな犬だが、元警察犬だけに異変に対する反応は早い。近所に空き巣が入ってても吠えるのに、庭に人が入ってきて吠えないということはないはずだ。

だとすれば、昨日、わたしたちが仕事に行っている時間帯か、今朝、ふたりでシャルロットの散歩に出かけた時間に、何者かが庭に入り込んだことになる。深夜かもしれないが、深夜でもシャルロットは気づくような気がする。もちろん、三年以上続いたお座敷犬生活で、警察犬時代の勘は鈍っているかもしれないけれど。

塀の高さは一メートル三十センチほど。絶対に乗り越えられないという高さではないが、簡単に乗り越えられるわけでもない。

「気持ち悪い……」

実害と言えば、パクチーを踏まれたことぐらいで、警察に通報するようなことではないが、何者かが勝手に庭に入り込んでいたと知るのは、やはり不快である。

シャルロットは特に足跡の匂いを嗅ぐわけでもなく、ご機嫌な顔でわたしたちを見上げている。

早く、夕方の散歩に行こうよ、とでも言いたげだ。

たしかに早く散歩に行かないと、最近はすぐに暗くなってしまう。まだ薄手のコートで充分な季節だが、冬はもう近いのだと感じる。

「そろそろ、シャルロットの散歩に行かなくちゃ」

わたしがそう言うと、浩輔は少し考えてから言った。

「今日は俺は家にいるよ」

彼が、そう言う理由もわかる。庭に誰かが入り込んだ形跡があるのに、家を留守にするのはたしかに不安だ。

「じゃあ、わたしひとりで行ってくるね」

家に戻って、シャルロットのリードと散歩バッグを持ってくる。リードをつけて、家を出ようとすると、シャルロットは何度も浩輔の方を振り返った。

彼女は家族みんなで散歩に行くのが好きなのだ。

「ほら、シャルロット、行こう？」

促すと、渋々わたしに付き従う。

浩輔とわたしは、決して仲が悪いわけではないが、だからといって常に一緒というタイプでもない。浩輔は浩輔で、自分の趣味のフットサルやサッカー観戦に打ち込んでいるし、わたしはスポーツにはまったく興味がなく、家でパンを焼いたり、映画のＤＶＤを見る方が好きだ。

シャルロットと一緒に暮らすようになって、ふたりで出かける機会は減ったが、その代わりみんなで家にいる時間と、公園やドッグランにみんなで出かける時間は増えた。家族でいると、シャルロットの目が輝く。わたしとふたりで出かけるときの、数倍楽しげな顔になる。浩輔曰く、浩輔が散歩に連れて行くときも、何度も何度も家を振り返るらしい。

(お母さんは一緒にこないの？)

そう言われている気になると彼は言っていた。

シャルロットは、遠くまで出かけることも、きれいな洋服も、特別なフードも望まない。望むのはみんなが一緒にいることだけなのだ。

だから、なるべくは叶えてやりたいと思っている。

わたしは、小さくためいきをついた。

あの足跡はいったい何なのだろう。

次に異変が起きたのは、三週間後の土曜日、十二月に入り、冬のコートを出さなければならなくなった時期だった。

シャルロットの毛も、いちだんとみっしり生え、夏よりも触り心地がよくなった。ブラッシングをすると、小さいシャルロットができるのではないかと思うくらい毛は抜けるが、それにももう慣れた。

夕方、庭に出て洗濯物を取り入れようとしたとき、植木鉢がひとつ倒れているのに気づいた。以前、ミニバラの鉢植えをもらったのだが、上手に育てられなくて枯らしてしまったのだ。その後は、なにも植えていないから倒れていても問題はないが、塀のそばに寄せてあって、浩輔やシャルロットが蹴飛ばすような場所には置いていない。

近づいて確かめると、植木鉢のあった場所にまた靴跡があった。パクチーを植えていた場所の隣だ。

「浩輔、ちょっときて」

リビングでテレビを見ていた浩輔が庭に出てくる。シャルロットも一緒だ。

「また足跡があるの」

そう言うと、浩輔は一度リビングに引っ込んだ。メジャーを持って出てきて、足の大きさを測った。

「二十四・五センチ。これだと男か女かはわからないなあ」

「いつ、足跡がついたかわかる？」

わたしの質問に、浩輔は首をひねった。

「うーん、どうだろうなあ……朝、水をやったときはなかったような気もするけど……」

庭に水をやったのは朝の散歩が終わってからだ。そこからはわたしも浩輔もシャルロットもずっと家にいた。いや、それだけではない。よく考えたら、わたしが昼前に洗濯物を干したときにも、植木鉢は倒れていなかったような気がする。

シャルロットは、午後からは庭に出てひなたぼっこをしていた。

彼女が、侵入者を黙って見過ごすはずはない。

「どういうことなの？」

シャルロットは、きょとんとした顔でわたしと浩輔を見上げている。すっかりお座敷犬が板についていて、庭に誰かが入ってきても、平気になったのだろうか。

「もしかして、シャルロットの知っている人とか……」

浩輔がそう言ったが、だからといって安心できるわけではない。

シャルロットが知っているような身近な人が、塀を乗り越えて庭に侵入したと考えても、やはり気持ちが悪い。知らない人でも、もちろん不快だが、知っている人がそんなことをすると考えるとぞっとする。

浩輔も同じ気持ちだったのだろう。夕食を食べているとき、急にこう言い出した。

「なあ、真澄。これは提案なんだけれど、シャルロットをしばらく、庭で留守番させないか？」

「えっ、庭で放し飼いってこと？」

浩輔は頷いた。

「もちろん、そうするなら、急に雨が降ったり、寒かったりしたときのためにハウスは用意しないといけないだろうけど」

わたしはしばらく考え込んだ。

たしかに、誰かが留守中に侵入しているのならば、シャルロットが庭にいれば番犬になる。暑い季節は絶対に無理だが、これからの季節なら、よっぽど寒い日や雪の日以外はシャルロットはむしろ、室内より庭で過ごすことを好む。

完全外飼いにするつもりはないし、わたしたちが室内で過ごしているのに、外に出しっ放しなのは可哀想だ。だが、わたしたちが仕事に行っている間庭で過ごすのなら、シャルロットにとっても室内にいるより気晴らしになるかもしれない。

心配なのは、誰かに悪戯をされないかということだが、賢い子なので大丈夫だろう。

「もちろん、シャルロットにストレスがたまるようなら、無理をさせるつもりはないよ」

浩輔のことばに、わたしは頷いた。

「そうね。シャルロットに無理をさせないなら……」


翌日の午後、短い時間だけシャルロットを庭に置いて、出かけてみた。

いつも、留守番をするのは室内だったから、最初は戸惑ったような顔で、門の隙間から鼻先を出して、わたしたちが出て行くのを見つめていたが、二時間ほど買い物をして帰ると、いちばん日当たりのいい場所に座っていた。わたしたちを見ると、ぶんぶん尻尾を振って「おかえりなさい」の挨拶をした。室内で留守番をさせるのと、様子は少しも変わらない。

わたしと浩輔は顔を見合わせた。どうやら問題はなさそうだ。

浩輔は、ネットで大型犬用の犬小屋を注文した。もし、足跡の件が片付いてもシャルロットは庭で過ごすのが好きだし、無駄にはならないだろう。

犬小屋にお気に入りの毛布を敷いてやると、シャルロットは喜んで、中に入った。

わたしは、同じ区画に住んでいる人たちに挨拶をした。なにもなければ、シャルロットはほとんど吠えないが、庭に侵入する人がいればさすがに吠えるだろうし、そうなれば室内よりも声は響く。迷惑をかけてしまうかもしれない。

近所の人たちはシャルロットのことをよく知っている。元警察犬だということも知られているし、近所で小火《ぼや》があったとき彼女が吠えたおかげで、すぐに消し止めることができた。そういう経緯があったせいか、シャルロットをしばらく外で留守番させるという話をしても、嫌な顔をする人はいなかった。

三軒先に、小城《おぎ》さんという夫婦が住んでいる。子供は成人して家を出て、今は夫婦ふたり暮らしだということは知っていた。小城さんは、犬を飼っていないが、シャルロットのことは会うたびに可愛がってくれる。

手土産を持って訪ねると、出てきたのは妻の加世子《かよこ》さんだった。

シャルロットをしばらく外で飼うという話をすると、彼女は目を輝かせた。

「実はね。最近、外の植木鉢を割られたり、盗まれたりすることが多いのよ。シャルロットちゃんが外にいてくれれば、泥棒を追い払ってくれないかしら」

わたしは苦笑した。三軒先ではさすがに難しいのではないだろうか。

それに小城さんの家は、門の外側にずらっと植木鉢を並べている。夫の修造《しゅうぞう》さんの趣味で、朝顔や菊やらいろんな花を育てている。家の中には小さな温室まであるし、ときにはコンテストに出すこともあるらしい。

外に並べるのは、道行く人にきれいに咲いた花を見てもらいたいという気持ちかららしい。だが、中には「狭い道なのに邪魔だ」と言う人もいる。

歩いている限りは、邪魔になるようなことはないが、車で通るときには道幅がギリギリなので、邪魔だと言う人の気持ちもわからないではない。

一度、自転車で通った男の子が、植木鉢を倒したのを見たことがある。小城さんの家は角を曲がったところにあり、ぎりぎりで曲がると植木鉢にぶつかってしまうのだ。

割ってしまうのは事故かもしれないが、植木鉢を盗むのは窃盗だ。

花泥棒に罪はないなどと言われることもあるが、丹精込めて育てた花を盗まれるのは腹立たしいはずだ。

「あやしいことがあれば、吠えるかもしれませんね」

一応、そう言ってはみたが、空き巣が入ったとき吠えたのも、小火に気づいたのもずいぶん前のことだから、今のシャルロットには無理かもしれない。

警察犬の能力を発揮できるのは、訓練を重ねているからだ。シャルロットはもう三年以上、お座敷犬として甘やかされている。

さすがに、自分が庭にいて、侵入者に気づかないということはないと思うが、よその家の異変までは気づかないかもしれない。

ともあれ、そんなこんなで、シャルロットはしばらく番犬の仕事をすることになったのだ。

庭でのお留守番は、シャルロットにとってなかなか快適だったらしい。

朝の散歩に行き、ドッグフードを数秒で食べ終えたあと、わたしたちが出勤の支度をしていると、自分から庭に出て日当たりのいいところに座っている。

たしかに室内にいれば、誰にもかまってもらえないが、庭にいれば通りすがりに声をかけてくれる人がいる。

誰にもかまわれたくないときには、小屋に入ればいい。

雨の日、室内で留守番をさせようとすると、少し不満そうな顔をする。とはいえ、雨の日に庭に出せば、そのあとシャンプーしなければならないし、そこは我慢してもらうしかない。

事件が進展したのは庭での留守番をはじめて十日ほど後のことだった。

その日、わたしが帰宅すると、浩輔はすでに家にいた。

シャルロットの散歩を終えて帰ってきたばかりらしく、彼女の足を雑巾で拭いている。

わたしの顔を見ると、険しい顔で言った。

「庭にまた足跡がある」

「えっ、嘘」

シャルロットを庭に出すようにしてから、毎日、朝と夜に足跡がないか点検している。今朝はなにもなかったはずだ。

わたしと浩輔は懐中電灯を持って庭に出た。シャルロットは足を洗ってしまったので、リビングで待機だ。

浩輔の言う通り、塀の側に足跡があった。大きさはこの前のと同じくらい。パクチーを植えているちょうど真横だ。

朝に足跡はなかった。今日ついたものであることは間違いない。

だが、シャルロットはずっと庭にいたはずだ。

「シャルロットは吠えた？」

浩輔は首を横に振った。

「いや。散歩ついでに小城さんの奥さんの方に会ったから聞いたけど、吠えなかったらしい。小城さんの家でも今日、植木鉢が盗まれたって言ってた」

わたしは首をひねった。

「うちに侵入したのと同じ人？」

「そんなことはないだろう。うちはなにも盗まれていないし、植木鉢を盗んで逃げるのに、うちの庭を通ったというのも考えにくい」

植木鉢を持ったまま、塀を乗り越えるのは難しそうだ。

ふいに、わたしはあることに気づいた。

「ねえ、侵入者はどうして、毎回塀を乗り越えるの？」

「どうしてって……不法侵入だから……」

そう言ったあと、浩輔も絶句した。

我が家の門は、小さな閂《かんぬき》をかけて閉めているだけだ。外からでも手を伸ばせば簡単に開けられる。

一度目はそれに気づかず、塀を乗り越えて侵入したとしても、出て行くときは門から出て行っただろうから、鍵がかかっていないことに気づいたはずだ。

二度目からは門を開けて入ってくればいい。わざわざ、塀を乗り越えなくてもいいのだ。

浩輔が小さくつぶやいた。

「いったいなんのために」

侵入者はなんのために塀を乗り越え、なんのために庭に侵入するのだろう。


その翌日から、寒さは急に厳しくなった。

大陸から寒気が雪崩《なだ》れ込み、という天気予報の常套句《じょうとうく》を聞きながら、その大陸の寒気はどこからきたのだろうとぼんやり考える。

小さな寒気がどこかで生まれ、転がるように大きくなるのだろうか。どうも発想が子供っぽくていけない。今度機会があれば、ちゃんと調べてみよう。

それはともかく、最高気温が五度という予報を見ると、シャルロットを外に出すのはしばらくやめようと思った。

シャルロットが庭にいても、侵入者は変わらず入ってくるようだから、寒い思いをさせる意味はない。

当のシャルロットは全然平気なようで、こっちが寒さに震えながら帰ってきても、庭の真ん中で寝ていたりするのだが、わたしが気になって仕方がない。

不思議なことに、シャルロットを室内で留守番させているときは、侵入者が入り込んだような形跡はない。

もしかすると、門から入ってきているのではないかと思い、門の下の方に細い紙を貼ってみたが、帰ってくるまでそのままだった。

足跡のことが少しずつ、頭から消え始めた年の瀬のことだった。

仕事納めを目前にした日曜日、わたしと浩輔はふたりでシャルロットを連れて、散歩に出かけた。

しばらくは、誰かが家に残るようにしていたが、結局仕事に行く日はふたりともいないのだからあまり気にしても仕方ないと思うようになった。以前シャルロットが誘拐されそうになった事件の後、セキュリティ会社と契約をしたから、家の中に押し入ろうとすればセキュリティ会社に連絡が行く。

シャルロットは、リードを持っている浩輔とわたしに、交互に目をやりながら楽しげに歩いている。ふさふさの尻尾は、まるで無限大のマークを描くかのように揺れている。

公園の近くまできて、わたしはクリーニング店に仕上がった洋服を取りに行かねばならないことを思いだした。

帰りでは間に合わないし、今日を逃せば年明けになってしまうかもしれない。わたしは浩輔に言った。

「クリーニング、受け取ってから公園に行くわ。ドッグランにいるでしょ」

離れようとすると、シャルロットは不安そうな顔でわたしを見送った。吠えたり、飛びついたりはしないが、彼女の目はいつも言っている。

（一緒にいた方がいいのに）

たしかに犬の世界では、群れは一緒にいた方が安全だ。敵から身を守るときも、獲物を捕らえるときも。

だが、人間の世界にはもっと小さな用事がたくさんあるのだ。たとえば、クリーニングを取りに行ったり、郵便物を出したり。

無事、クリーニングを受け取って、公園の入り口までやってきたときだった。

自転車置き場で、倒れた自転車を起こしている少年がいた。中学生くらいだろうか。

自転車置き場はほとんど埋まっていて、そのうち十台ほどが倒れていた。どうやら一台が倒れたのをきっかけに、ドミノ倒しのように倒れてしまったようだった。

あまり器用な方ではないのだろう。他の自転車を起こそうとして、せっかく起こした自転車にぶつかって、また倒してしまっている。

この寒いのに、額に汗がびっしりと浮かんでいた。

なんだか可哀想になって、わたしは、端の方で倒れた自転車を起こして、立たせた。

少年はまだわたしには気づかない。何度か顔を見たような覚えがあるから、このあたりに住んでいるのだろう。

三台ほど起こしたときに、少年はやっとわたしが手伝っていることに気づいた。顔が真っ赤になる。あまり注意力があるほうではないようだ。

「すみませんっ！」

頭を下げたついでに、また自転車が倒れた。みっちり詰まっているから、また連鎖してドミノ倒しになる。わたしは手を伸ばして、自分の近くの自転車が倒れるのを押さえた。倒れたのは三、四台で済んだ。

「だ、大丈夫です。自分でできます……」

少年はそう言ったが見ていられない。わたしはもう二台、起こすのを手伝った。

「ありがとうございます」

まだ二台ほど倒れているが、後は自分でできるだろう。また倒さなければの話だが。

彼は、どうやら普通よりもかなりそそっかしいようだ。

少し心配になる。あんな様子では他にもいろいろトラブルを起こしてしまうのではないだろうか。そういう人はときどきいる。予想外の出来事に弱かったり、注意力が散漫だったり。子供だけではなく、大人にも。

そういう子は、記憶力がよかったり、理系や芸術系の才能があったりすることも多いと聞く。

神様は、みんなに同じ能力を与えない。なにかができないということは、代わりに別のものが与えられているのだろう。現代社会では、あまり役に立たない能力の場合もあるかもしれない。

振り返ると、彼の姿はもうなかった。


冬の日は暮れるのが早い。

ドッグランでシャルロットを遊ばせているうちに、あたりはすでに真っ暗になっていた。帰り道、シャルロットにリフレクターのついた首輪をつける。

シャルロットは黒いから、暗闇に紛れ込んでしまう。リフレクターさえあれば、自転車や車からもシャルロットが見える。

たっぷり友達と遊んだシャルロットは、満足そうな様子で家に向かって歩いている。

自宅のある通りにやってきたときだった。ふいにシャルロットは立ち止まった。ふんふん、と空気の匂いを嗅ぐ。

そして、いきなり一声吠えた。

わたしは驚いて浩輔を見た。こんな場所で、シャルロットが吠えたことなどない。シャルロットは身体を低くして地面の匂いを嗅いだ。そのまま歩いて行く。彼女はうちの前までくると、またワン、と吠えた。家の前で吠えたことなども、これまでに一度もない。

「どうしたのかな……」

そうつぶやいて気づいた。もしかして、侵入者がいるのだろうか。

浩輔を見ると、彼もどうやらそう考えたようだ。シャルロットのリードを持って、音を立てないように、門を開ける。

シャルロットの尻尾がぶんぶんと揺れた。喜んでいるように見える。人に反応して、玄関のライトが着いた。浩輔はゆっくりと中に入る。あたりを見回しながら、玄関まで辿《たど》り着く。わたしも続いて門の中に入った。シャルロットの糞を取るために持っていたLEDライトをつける。

シャルロットは、いきなり庭に向かった。うめき声のような声が聞こえた気がした。

わたしはLEDライトを庭に向けた。

ライトに照らされたのは、うずくまった男性だった。彼は顔を上げた。

そこにいたのは、わたしが公園の駐輪場で見かけた少年だった。

彼は塀から飛び降りるときに、足をくじいてしまったらしい。

浩輔が病院に連れて行こうとしたが、顔を真っ赤にして、「結構です。大丈夫です」と繰り返す。

歩けないようなので、そのままにしておくわけにはいかない。彼を玄関まで連れてきてマットの上に座らせた。

しばらく地面に座っていたせいか、彼のズボンはすっかり濡れてしまっていた。浩輔が着替えを貸そうとしたが、それも固辞する。

浩輔は小さくためいきをついた。

「ともかく、どうして、うちの庭に入り込んでいたのか教えてもらおうか」

彼は身体を縮めた。

「すみません……」

「すみませんじゃわからないよ」

浩輔がそう言ったとき、シャルロットが小さく鼻を鳴らした。心配そうに、少年と浩輔の顔を見比べる。

まるで（怒らないであげて）とでも言いたげな様子だ。わたしはつい、笑ってしまった。

少年の表情から、不安げな色が少し消える。なんとなくわかった。彼にはリラックスしてもらう方がいい。

彼は、ふうっとためいきをついた。

「あの……」

「なんだい」

「ハインリッヒに触っていいですか」

わたしと浩輔は目を見合わせた。たぶん、わたしのことでも浩輔のことでもなく、シャルロットのことだ。

「犬のこと？」

わたしが尋ねると、彼はまた赤い顔になった。

「ごめんなさい。ジャーマンシェパードだから……」

ドイツっぽい名前で呼んでいるという意味なのだろう。浩輔はまだきょとんとしているが、わたしは彼の思考回路が少しずつわかってきた。

「いいわよ」

シャルロットは自分から彼に近づいた。彼はぎゅっとシャルロットを抱きしめた。

その姿を見て、わたしははっとした。この光景はいつか見たことがある。


たぶん、それはシャルロットがうちにきて、すぐの頃だ。

小学六年生くらいの男の子が、自転車で小城さんの植木鉢を倒してしまったところに、行き当たった。

植木鉢は割れてはいなかったが、土が地面に飛び散った。

子供は驚いて、泣きそうな顔になっていた。だからわたしが言ったのだ。

「大丈夫。土さえ拾い集めれば、小城さんにはわからないわ」

わたしは少年と一緒に土を拾い集めて、植木鉢に戻し、元あった場所に置いた。

シャルロットはずっと、わたしの横にいた。片付け終わるとほっとしたような顔で少年は言った。

「ワンちゃんに触っていいですか？」

わたしは答えた。

「もちろんよ」

シャルロットをお座りさせると、彼はぎゅっとシャルロットを抱きしめた。触るというのは、胸や頭を触ることかと思っていたから、少し驚いた。だが、シャルロットは大人しくされるがままになっていた。

シャルロットを離した少年は、ずいぶん落ち着いた顔になっていた。

彼はぺこりと頭を下げて言った。

「どうもありがとうございました」

彼はあのときの少年だった。三年ほどで、見違えるほど大きくなったが間違いない。

シャルロットを抱きしめた後、彼はようやく落ち着いた様子を見せた。

「ご迷惑をおかけしました。本当に申し訳ありません」

彼は、田所亮一《たどころりよういち》と名乗った。やはり、この近くに住んでいるという。

彼はゆっくり話した。

「すみません。いけないことだとわかってたんです。でも、ぼく、なにか予想外のことが起きると、動揺してわけがわからなくなって、もっと大きな失敗をしたり、危ないことをやってしまったりするんです。自分でも止められなくて……」

彼にとって、忘れられない経験があった。シャルロットをぎゅっと抱きしめたら、心が落ち着いた。動揺するような出来事に遭遇した後でも、大きな犬を抱きしめて、その鼓動とぬくもりを感じたら、気持ちを落ち着けて、正しく行動することができた。

「よくないことだとわかってたんで、我慢はしてたんです。でも、半年ほど前、小城さんの植木鉢を割ってしまって……どうしていいのかわからないまま、家に帰る途中、道路に飛び出して、ちょうどそこに車がきて……」

わたしは息を呑んだ。

不幸中の幸いで、事故は全治三ヶ月の骨折で済んだという。だが、彼はそこで痛感した。まず、落ち着かなくてはならない。どんなことをしても。

そして、先月、彼はまた小城さんの植木鉢を割ってしまった。

シャルロットが庭にいることに気づいた彼は、塀を乗り越えて我が家の庭に侵入した。

「見つかったら、ちゃんと話すつもりでした」

だが、見つかることはなく、シャルロットも吠えなかった。ぎゅっと抱きしめても、シャルロットは大人しくしていた。

気持ちを落ち着けると、彼は門から出て行き、割った植木鉢をこっそり始末したという。小城さんが「盗まれた」と言っていたのは、植木鉢がなくなったからだろう。

浩輔にもだんだん状況が呑み込めてきたようだ。

「ちゃんと謝らないと駄目だろう」

「それはわかっていたんですけど……」

だが、邪魔になることがわかっていて、公道に植木鉢を並べていた小城さんだって悪い。出て行くときに門から出て行くのに、いつも塀を乗り越えてきたのは、うちにやってくるときには常に平静ではなかったからだ。そのときは門から入ってくるという考えも浮かばなかったのだろう。

「でも、やっぱり塀から忍び込むのはよくないぞ。シャルロットを触るのは別にかまわないから、ちゃんとインターフォンを押して、門から入ってきなさい」

浩輔がそう言うと、亮一はようやく口元をほころばせて、頷いた。

「そうですね。ご迷惑をおかけしました」

「それと、もうひとつ」

浩輔は小さく咳払いした。

「うちの犬の名前はシャルロットだし、れっきとした女の子だ」

亮一は浩輔が車で、家まで送っていった。怪我は捻挫《ねんざ》だけだったと、後から謝りにきた彼の両親から聞いた。

その後、浩輔とわたしの間で、議論になったことがある。

シャルロットは、亮一が決して悪い人ではないとわかっていたから、吠えなかったのだと主張するわたしに、浩輔は言った。

「いや、こいつは絶対、番犬の仕事を勘違いしている。誰にでも愛想を振りまいている」

ふたりのうち、どちらが正しいのかは、またトラブルが起こってみないとわからないし、それはちょっと勘弁してほしいと思う。

ただ、庭でひなたぼっこをしているシャルロットに、わたしは毎日話しかけるのだ。

「どんな子でも大好きよ」と。

解説――心にいる彼女

中江有里《なかえゆり》
（女優・作家）

一七歳のころ、映画の撮影で秋田犬と共演した。わたしは犬と心を通わせる役柄だ。動物プロダクションに所属している犬はよく教育されていて、普段は静かだが、台本上必要な場合だけ調教師の言うとおりに吠える。非常に頭がいい犬だった。

だけど大型犬に近づいたことのなかったわたしは、少しだけ怖かった。その気持ちがわかってしまったのだろう。犬への恐怖心を克服し、コミュニケーションを図るために、毎日散歩と餌やりをするように、とスタッフから指令を受けた。実のところ、この時間が撮影以上に大変だった。

というのも画面に登場するのは一匹だが、成長期間をあらわすために小さな秋田犬から成犬まで（それぞれの年代でメインとサブがいる）全部で二〇匹ほどいたのだ。一日の撮影が終わると自分の食事は後回しで、それぞれに餌をやり、限られた時間を配分して散歩する。小さな子はそれほどでもないが、大きい子の散歩はその力に振り回されてしまい、特に走りたがる子はついていくだけで必死だった。

そんなある日、共演回数の多い一匹が散歩のあと、急にのしかかってきた。秋田犬の成犬が二本足で立つと、約一五五センチのわたしよりも大きい。驚いてひっくり返りそうになりながらも「どうしたのか」と当惑した。

「遊んでほしいんですよ」そう言って調教師は笑った。

あまりに優秀な子なので、犬であることをわたしはどこかで忘れていた。いつもクールでプロフェッショナルな子の無邪気な一面に触れ、犬が好きになった。

小型犬は何をしていても可愛いが、大型犬の場合は「人柄」ならぬ「犬柄」が、飼う人間の愛情を深くさせるようだ。本書もページを開くと個性的な「犬柄」があちこちに登場し、その飼い主との関係性も興味深い。

本書の主人公・ジャーマンシェパードのシャルロットは元警察犬。そう聞いただけで厳しい訓練と事件現場を潜り抜けてきたのだと想像できる。そのシャルロットが股関節の障害で引退し、一般家庭にペットとして引きとられた。

シャルロットの「犬柄」は賢いのはもちろん、乱暴な扱いを受けても反撃せず、でも子犬に吠えられたら「キャン」と悲鳴を上げるほど臆病で、食い意地が張っている……どうやら元警察犬という経歴とはあまり関係ないようだ。

飼い主は池上浩輔・真澄夫妻。都内の一軒家（庭付き）で暮らしている。大型犬の飼育が未経験だった二人の生活は、シャルロットを迎えたことから徐々に変化していく。

六つの短編に描かれるのは、不可思議でささやかな出来事だ。でもこのまま放っておけば取り返しのつかない大事になっていたかもしれない。事件とは何も別世界で起こることではなく、日常の延長線にあるものなのだ。

表題作「シャルロットの憂鬱」はシャルロットが池上家にやってきて二年後が描かれる。

普段、吠えないシャルロットが吠える時は、何か異変があったときだ。向かいの家の空き巣や二軒隣のボヤを知らせたり、押し売り業者を撃退するなど、この頼もしい存在は近所でも評判になっていた。

住宅街で大型犬を飼うということは、ご近所への配慮も欠かせない。もし犬がやたらと吠えたりして周囲に迷惑を掛けたら……真澄たちの不安は杞憂《きゆう》となった。

しかし肝心の池上家に何者かが入った時は、シャルロットは吠えなかった。一体なぜ？　これにはシャルロットの「犬柄」に関する深い理由があったのだ。

この出来事は結果的にシャルロットと池上夫妻の絆を強固にするのだが、シャルロットの「犬柄」がなければどうなっていたか……と、あとから背筋がヒヤリとする。

第二話「シャルロットの友達」で小型犬にシャルロットが噛まれるというアクシデントが起きた際は、ボクサーを飼っている男性がこう言う。

「もしうちの子が反撃したら、結局こっちが悪いことになるじゃないか」

大型犬が小型犬に噛みつけばどうなるか……たとえば悪意を持った小型犬の飼い主がわざと自分の犬をシャルロットに近づけても、である。シャルロットは警察犬としてしつけされてはいるが、すでに引退の身。賢いからズルも覚えるし、怒られるとわかっていても、クッションを破いたり悪戯に夢中になってしまう。

当たり前だが、犬はしゃべらない。飼い主が犬の気持ちを読み取ってあげなければならない。池上夫妻は「犬柄」を理解し、シャルロットを観察することで、その気持ちをわかろうと努める様子がとてもいい。そしてシャルロットが別の犬に吠えられても黙っていたり、大人しくしていたら褒めてやるのも大切。

人間と犬は飼うものと飼われるもので、親子のようでありながら、やっぱり違う。最大の違いは、成長した子は親から独立するが、犬は一生面倒を見なければならないところ。

大昔から犬は人間の良きパートナーだったが、それは人間側が犬の性質を利用した面もあった。狩猟のために体軀《たいく》を大きく改良したり、ペットとして飼うのに小さくしてしまったり……去勢手術もまた人間の都合と言えるだろう。

シャルロットと出会い、ともに過ごす中で、真澄は人間のエゴを感じずにはいられない。「シャルロットとボーイフレンド」には犬を利用して、犯罪まがいの計画をたててしまう輩《やから》もいるのだ。

犬を愛しているからこそ感じる哀しみ――読みながら、自分もまた犬を飼っているような気持ちになるから、真澄の心中が伝わってきた。

この話のラストで、よその犬に心奪われたボーイフレンドのハリスをあっさりと受け入れるシャルロットの心中を真澄は不思議に思う。

「どうして犬って、済んだことを水に流せるのかしら」

浩輔が笑った。

「たぶん、犬は嘘をつかないからさ」

たぶん犬は嘘をつかない――悪戯をしたり、迷惑を掛けることがあっても、嘘はつかない。ということは、人間が嘘をついても、犬は疑わないのかもしれない。どんな自分でも信じてくれる存在がそばにいたら、こんなに心強いことはない。

なぜなら人間はとても揺らぎやすいから。

「シャルロットと猫の集会」での真澄は職場のストレスから睡眠サイクルがおかしくなって、うまく眠れなくなっている。そんな真澄の精神を癒してくれるのはシャルロット。うまく眠れずに目覚めた早朝、一人と一匹の散歩で不思議な猫の集まりに遭遇し、真澄は交通事故にあった子猫を保護することになる。

もう一度、動物と人間の関係に触れるが、偶然拾ってしまった命にどう責任を持つか。飼うのにふさわしい環境と経済力、そして愛情を持って最後まで面倒を見ること。動物を飼うにはどれ一つも欠けてはいけない。命の責任の重さを感じた。

中には奇妙な頼まれごとも経験する。

「シャルロットと猛犬」で大事な家族を一時的に貸すなんてありえない！　と勝手に憤慨したが、世の中には犬を番犬として、あるいは自分の目的を果たす道具としてしか見ない人もいる。現実にも動物虐待はあり、見えないところでやられてしまえば気付かれない。

逆にシャルロットが意図しないまま誰かを救う「シャルロットのお留守番」は犬と人間の本来の姿かもしれない、と思った。

子どもが不安を感じた時に、母の温もりを求めるように、真澄も眠れない夜にシャルロットの高めの体温と、少し早い心臓の鼓動、豊かな毛皮を感じていたい。

ペットの中でも犬は人間の生活に一番近く、触れながら飼えるところが魅力でもある。また言葉がないからわかろうと努力するし、言葉がないから人間のような妙な諍《いさか》いも起こらないのかもしれない。まさに理想的なパートナー。

読みながら、何度となくわたしもシャルロットを撫でている気分になった。「エア撫で」であっても、こんなに心が落ち着くのだ。

犬を飼っている人ならきっと共感を呼ぶだろうが、飼っていない、あるいは飼いたくとも条件がそろわず飼えない人にこそ本書を勧めたい。

実を言うとわたしは一七歳のあの頃から、心の中でエア犬をひっそりと飼っている。ホンモノは飼えなかったけど、エア犬なら多少不真面目な飼い主でも大丈夫だ。しかしながらエア犬は想像力がないと撫でられない。

本書に巡り合い、自分の中のエア犬への実感が高まり、何度も撫でることができた。どうぞ皆さんもシャルロットを十分に撫でて、その体温を感じてください。これ以上の癒しはありませんから。

二〇一六年十月　光文社刊

光文社文庫

シャルロットの憂《ゆう》鬱《うつ》

著者　近《こん》藤《どう》史《ふみ》恵《え》

2019年6月20日　初版1刷発行
2024年10月5日　6刷発行

発行者　三宅貴久
印刷　堀内印刷
製本　ナショナル製本

発行所　株式会社　光文社
〒112-8011　東京都文京区音羽1-16-6
電話（03）5395-8149　編集部
8116　書籍販売部
8125　制作部

落丁本・乱丁本は制作部にご連絡くだされば、お取替えいたします。
ISBN978-4-334-77859-0　Printed in Japan

組版　萩原印刷

光文社文庫 好評既刊

エスケープ・トレイン　熊谷達也
天山を越えて　胡桃沢耕史
蜘蛛の糸　黒川博行
雛口依子の最低な落下とやけくそキャノンボール　呉 勝浩
ショートショートの宝箱　光文社文庫編集部編
ショートショートの宝箱II　光文社文庫編集部編
ショートショートの宝箱III　光文社文庫編集部編
ショートショートの宝箱IV　光文社文庫編集部編
ショートショートの宝箱V　光文社文庫編集部編
Jミステリー2022 FALL　光文社文庫編集部編
Jミステリー2023 SPRING　光文社文庫編集部編
Jミステリー2023 FALL　光文社文庫編集部編
Jミステリー2024 SPRING　光文社文庫編集部編
父からの手紙　小杉健治
十七歳　小林紀晴
幸せスイッチ　小林泰三
杜子春の失敗　小林泰三

シャルロットの憂鬱　近藤史恵
機捜235　今野 敏
シンデレラ・ティース　坂木 司
短劇　坂木 司
和菓子のアン　坂木 司
アンと青春　坂木 司
アンと愛情　坂木 司
和菓子のアンソロジー　坂木 司 リクエスト!
死亡推定時刻　朔 立木
光まで5分　桜木紫乃
北辰群盗録　佐々木 譲
図書館の子　佐々木 譲
天空への回廊　笹本稜平
サンズイ　笹本稜平
ジャンプ 新装版　佐藤正午
身の上話　佐藤正午
人参倶楽部　佐藤正午

ダンスホール　佐藤正午
ビコーズ　新装版　佐藤正午
身の上話　新装版　佐藤正午
彼女について知ることのすべて　新装版　佐藤正午
死ぬ気まんまん　佐野洋子
女王刑事　沢里裕二
女王刑事　闇カジノロワイヤル　沢里裕二
ザ・芸能界マフィア　沢里裕二
全裸記者　沢里裕二
女豹刑事　雪爆　沢里裕二
女豹刑事　マニラ・コネクション　沢里裕二
ひとんち　澤村伊智短編集　澤村伊智
わたしの台所　沢村貞子
わたしの茶の間　新装版　沢村貞子
わたしのおせっかい談義　新装版　沢村貞子
しあわせ、探して　三田千恵
恋愛未満　篠田節子

夢の王国　彼方の楽園　篠原悠希
黄昏の光と影　柴田哲孝
砂丘の蛙　柴田哲孝
赤猫　柴田哲孝
野守虫　柴田哲孝
幕末紀　柴田哲孝
流星さがし　柴田よしき
司馬遼太郎と城を歩く　司馬遼太郎
北の夕鶴2/3の殺人　島田荘司
奇想、天を動かす　島田荘司
龍臥亭事件（上・下）　島田荘司
龍臥亭幻想（上・下）　島田荘司
漱石と倫敦ミイラ殺人事件　完全改訂総ルビ版　島田荘司
狐と韃　朱川湊人
鬼棲むところ　朱川湊人
〈銀の鰊亭〉の御挨拶　小路幸也
〈磯貝探偵事務所〉からの御挨拶　小路幸也